Primer amor
D0715019
46
07 AUG 2014
WITHDRAWN
EAST SUSSEX COUNTY COUNCIL
Jade
03046652 - ITEM

Erica Fuentes
Primer amor

Traducción de Nancy J. Hedges

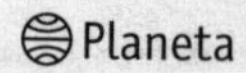

Título original: *First Love*

Ilustración de la cubierta: Agencia Christian Ortega
Primera edición en Colección Booket: febrero de 2003

Depósito legal: B. 45.097-2002
ISBN: 84-08-04616-0
Impreso en: Litografía Rosés, S. A.
Encuadernado por: Litografía Rosés, S. A.
Printed in Spain - Impreso en España

Prólogo

Ni la llovizna de la tarde que rociaba su cara y rizaba su cabello había podido sofocar su buen humor. Imposible. No hoy.

Después de cinco años como maestra de inglés de los alumnos de tercer año de primaria en el Instituto La Salle —cinco años de largas tardes repitiendo las mismas materias en inglés que sus traviesos estudiantes acababan de aprender en español durante la sesión matutina— a Georgina Ramón se le acababa de conferir uno de los más prestigiados honores que puede recibir una maestra laica en una escuela católica, o para el caso, en cualquier escuela —pública o particular. Las monjas acababan de informarle que ella había sido elegida entre todas las maestras de su estado natal de Guanajuato, México, para asistir a un congreso internacional para maestros del idioma inglés en Washington, D.C. Verdaderamente conmovida por el honor que le había sido conferido, ansiaba llegar a casa para darle la noticia a toda su familia. Y, después, se lo diría a su novio.

Habiendo bajado del microbús que le había traído hasta dónde podía transitar un vehículo en las calles sinuosas y angostas del pueblo colonial de Guanajuato, atravesó la avenida Pocitos para comenzar su escalada por el angosto callejón, por el cual ni los residentes locales solían descender en automóvil. El declive era tan pronunciado que desgastaría hasta los mejores frenos, y la vuelta a ciegas que tendrían que dar a la derecha al llegar al fondo era demasiado peligrosa.

Gina subió por el centro del callejón, pensando en la reacción de Alfredo al enterarse de su viaje. Estaba tan segura de su deleite exterior como de su desagrado interior al recibir la noticia. Para Alfredo, la idea de que Gina viajara sola a cualquier parte, en cualquier momento, era desagradable. De aquel vibrante, apasionado y joven pretendiente tan intelectualmente estimulante con quien ella se había comprometido hacia poco menos de un año; éste se había convertido, poco a poco, en casi una copia al carbón del padre de Gina... un hombre opresivo, exigente y gruñón. Cada vez que ella le mencionaba ese cambio de carácter, él se pondría efusivo y cariñoso, explicando que no tenía nada que ver con ella. El país pasaba por una crisis económica, y aun los buenos empleos eran —cuando mucho— precarios. Su mayor deseo era poder ofrecerle a Gina el nivel de vida y la seguridad que ella merecía.

Sacudiéndose todo pensamiento negativo, llegó al último callejón que la llevaría hasta la puerta principal de su casa. Tomando los escalones de dos en dos, se lanzó hacia arriba, terminando por correr los últimos veinte metros del empinado callejón. Era uno de cientos de callejones que a lo largo de los siglos habían inspirado a los grandes poetas, autores y pintores de México a crear las leyendas y folklore de Guanajuato; las mismas historias contadas hasta hoy en día a los turistas, tanto por los guías oficiales como extraoficiales; esos, niños pequeños que sabían todos los cuentos de memoria y los recitaban por un peso.

Al girar la llave en la chapa de la enorme puerta de madera tallada, su corazón latía fuertemente en su pecho, en parte por la última carrera en la subida, y en parte por su ansiedad de compartir la noticia.

—¡Familia! —gritó al entrar al patio central—. ¿Hay alguien en casa?

Griselda Ramón estaba en la cocina, agregando los últimos detalles a la comida de mediodía. Hacía por lo menos veinte minutos que los principales comercios y oficinas del centro habían cerrado, y su marido, Héctor, llegaría de su librería en cualquier momento; con un hambre feroz, y un humor a la par si las cosas no estaban exactamente como a él le gustaban. Notando que había llegado su hija mayor, la llamó:

—Ándale, Georgina... ¡ven a ayudarme! —clamó, al parecer sin darse cuenta de que su hija intentaba hablar con ella.

Encogiéndose de hombros, Gina dejó caer al suelo su portafolios lleno de pruebas de ortografía que tenía que calificar esa noche. Decidiendo que su noticia tendría que esperar, subió las escaleras a la anticuada cocina en la que había ayudado a su madre a poner la mesa, a mover los frijoles o a lavar los trastes por lo menos durante veinticinco de sus veintiocho años de vida.

—Pero, ¿por qué tres semanas, si el congreso sólo dura tres días? —Alfredo Liceña simplemente no encontraba razón alguna para que Gina extendiera su viaje. Además, cada día que se quedara después de la estancia pagada por la mesa directiva eran gastos que saldrían del dinero que tenían guardado para su boda el próximo verano—. ¿Tienes alguna idea de lo que cuesta un hotel en Washington, D.C.? ¡Tres semanas de comidas y hoteles nos vaciarán la cuenta de ahorros!

—En primer lugar, el congreso dura casi una semana, y la mesa directiva paga el hotel. Y ya te dije que llamé a una amiga que vive en Washington, y ella insiste en que me quede en su casa. De hecho, podré ahorrar los viáticos que me da la mesa directiva al quedarme con Mickey y su marido —dijo ella, molesta consigo misma por el tono suplicante que había invadido su voz. Sus padres se habían mostrado asombrosamente impávidos al darles la noticia durante la plática de sobremesa, así que de algún modo le agradaba que por lo menos Alfredo reaccionara. Cualquier reacción era mejor que nada, ¡pues se trataba del honor más alto que había recibido en su vida!

La expresión de Alfredo se suavizó.

—Bueno, pues, supongo que así es distinto. No por que sea yo un materialista, pero en vista de cómo nos ha ido en el despacho, tenemos que cuidar el dinero si es que alguna vez queremos terminar la construcción de la casa —dijo.

Como socio en uno de los dos despachos de arquitectos en Guanajuato, la principal meta de Alfredo para lograr un buen matrimonio consistía en terminar la construcción de la casa que había diseñado para ellos en las afueras de la ciudad, en un poblado conocido como Marfil. Llevaba casi todo ese año trabajando poco a poco en la construcción, pero aún quedaba mucho por hacer.

A Gina le encantaba la casa; era una hermosa vivienda colonial a desnivel que contaba con una gran sala hundida con techo en forma de bóveda; y sobre la sala se extendía parte del comedor como si estuviera suspendido por cuerdas invisibles. Otro nivel contaba con cuatro recámaras, cada una con un vestidor y un baño; y había otro nivel que albergaba un estudio y un cuarto de juegos para los niños que algún día tendrían; y todavía había otro nivel para la lavandería y los cuartos de servicio. Una vez terminada, la casa sería sensacional, con sus escalones de rodajas de mezquite entre los distintos niveles y desniveles, y vigas de madera natural en los pocos cuartos no abovedados artísticamente al estilo de esta zona.

Por mucho que le gustara la casa, a Gina le parecía un tanto pretenciosa. La familia de ella siempre había gozado de prosperidad económica, pero prefería una vida más sencilla. El único cuarto sensacional de su casa era la biblioteca. Y no lo era por su diseño, ¡sino por los libros! Lo que más le importaba a su padre en la vida eran sus libros, y su biblioteca estaba forrada de primeras ediciones coleccionadas a lo largo de su años como dueño de la única librería en la ciudad.

A Gina le gustaba la casa que Alfredo estaba construyendo para ellos, pero al mismo tiempo, la cohibía un poco. Admiraba la visión de Alfredo para lograr la perfección en cada detalle, pero le cohibía el tamaño de la casa al igual que las implicaciones de las cuatro recámaras. Era perfectamente claro que su novio esperaba llenar las recámaras con hijos, y a pesar de la insistencia de su médico de que ella no debería tener problema alguno para cumplir con lo esperado, ella estaba consciente de los riesgos de tener hijos después de los treinta años. Tendrían que darse prisa para evitar cualquier riesgo.

Pero esta noche no tenía interés alguno en escuchar nada relacionado con la casa; tampoco con la boda, ni con cualquiera otra cosa que pudiera decir Alfredo. Asintiendo a todo lo que él decía, se moría de ganas de que la dejara sola.

—Es una maravillosa oportunidad para ti, sin embargo —continuó Alfredo—. Quiero que disfrutes tu visita con tu vieja amiga —dijo amablemente. Ella ya ni siquiera escuchaba. Gina estaba pensando en la plática que había sostenido esa misma noche con Diana Campos de García, conocida como Mickey entre los amigos. Su amistad databa desde la primaria, cuando Gina había idolatrado a Mickey, y había seguido a la niña mayor como una sombra hasta que Mickey había pasado a la preparatoria. Para entonces, Gina ya estaba en quinto, y se había enamorado perdidamente del primo de Mickey, Miguel.

Miguel había sido distinto a los demás muchachos. Siempre fue todo un caballero. Jamás jugaba bromas a las chicas. Siempre acompañaba a Gina a su casa después de clases, y aunque fuera sólo dos años mayor que Gina, y cinco años menor que su prima, siempre había parecido el mayor de los tres. Siempre había cuidado a Gina y a Mickey, asegurándose que nadie las molestara y que todos las respetaran. Jamás fue un bravucón, pero su conducta exigía y recibía respeto.

Durante su segundo año de secundaria, Gina se hizo novia de Miguel. Fueron como aquellas parejas que todo el mundo pensaba que estarían juntos siempre. Mickey vivía con los padres de Miguel en aquel entonces, porque su padre y madrastra se habían cambiado al Distrito Federal, dejando a Mickey en la custodia de sus tíos durante el año escolar. Durante los veranos, siempre visitaba a su madre en los Estados Unidos, y en cuanto comenzó la preparatoria, la habían mandado a internados en el extranjero. De ahí en adelante, Mickey había visitado Guanajuato cuantas veces le había sido posible hacerlo, pero sus viajes se hicieron menos frecuentes al pasar de los años.

Luego, paso lo impensable. Durante una noche de espesa neblina, al regresar de una fiesta en San Miguel de Allende, manejando sobre un camino que serpenteaba por las montañas, los padres de Miguel no vieron a tiempo un camión cargado de leña que los aplastó al abrirse demasiado en una curva cerrada.

Los días siguientes no eran sino recuerdos nebulosos para Gina. El velorio. El dolor. El luto. Las cajas al empacar. La despedida.

A Miguel lo habían llevado a vivir con la madre de Mickey —su tía Laura— en Carolina del Norte, y Gina no lo había vuelto a ver desde entonces.

Mientras Alfredo se emocionaba contándole de los últimos avances en la construcción de su nueva casa, Gina pensaba en Miguel. Ni siquiera había preguntado por él al hablar con Mickey esa noche, pensando en que sería mal visto mencionar a su ex novio justo después de estar conversando con su amiga acerca de su boda con Alfredo ese mismo verano. Sin embargo, al escuchar al monótono de Alfredo hablando de su casa, se encontró imaginando cómo sería Miguel actualmente. ¿Se habría casado? No, seguramente Mickey le habría dicho si él se hubiera casado.

Al revisar los recibos del día, a Miguel López Garza le habría gustado que su cajero hubiera aprendido a usar la nueva caja registradora automatizada por lo menos lo suficiente como para que el aparato imprimiera sólo los pedidos de productos que realmente necesitaban en la cocina.

¿Cómo podría pensar cualquier persona sensata que se pudieran usar más de cincuenta y cinco kilos de Maseca en la cocina en un solo día? Y peor aún, ¿cómo era posible que no se fijaran en un pedido tan estrafalario al recibir la entrega? El resultado fue que ahora, ¡había suficiente Maseca en el almacén como para hacer las tortillas en el restaurante por lo menos hasta el otoño!

Sonrió para sí al recordar la expresión en las caras de sus dos cajeros al mostrarles su error. Había pasado el resto del día vigilando su trabajo en la caja registradora, haciéndoles notar la importancia de los errores de dedo.

Como de costumbre, había pedido que los cajeros cortaran la caja a la medianoche. Todas las ventas después de esa hora y antes del cierre a las dos de la madrugada se contarían entre los recibos del día siguiente.

Al llenar la ficha de depósito para la mañana siguiente, y después de separar cuidadosamente el dinero en efectivo de los pagarés de tarjetas de crédito, sonrió de nuevo, arqueando las cejas en asombro por el total de ventas del día. Tratándose de un miércoles, notoriamente el peor día de la semana, las ventas habían sido buenas. Muy buenas, notó, al doblar los billetes, los pagarés y las fichas de depósito para meterlos en la bolsa de depósito, para luego colocarla cuidadosamente en la caja fuerte empotrada en la pared detrás de su escritorio. Después de cerrar la caja fuerte y fijar el reloj del sistema de seguridad, decidió salir a tomar una copa con Julia, una chica con la que él salía de vez en cuando, y quien lo había estado esperando pacientemente en la cantina desde antes de la medianoche. Ya era casi la una de la madrugada.

Estirando su cuerpo de un metro noventa y cinco al levantarse de su silla, se dio cuenta que estaba muy cansado. Había jugado un set extra de tenis en el club antes de abrir su restaurante a mediodía, y apenas había tenido tiempo para respirar durante el resto del día. Atravesó el cuarto dando la vuelta al biombo de madera en la contra-esquina de su lujosa oficina, se lavó la cara con agua y rápidamente se cepilló los dientes. Al secarse la cara, notó que tenía ojeras debajo de los ojos. Señal de fatiga, que conocía, especialmente en él. Su tez olivácea clara, ojos azules y cabello rubio le daban un aspecto nórdico, aunque la familia López Garza habiá sido mexicana por lo menos durante las últimas tres generaciones. Sus antepasados desde la tercera generación hasta el infinito habían sido españoles y franceses, lo que sólo en parte explicaba su aspecto. Era delgado, pero contaba con una musculatura fuerte debido a la gran variedad de deportes que practicaba. Era ávido tenista, y había sido el campeón regional de la Asociación Estadounidense de Tenis durante los últimos cinco años. Practicaba el *windsurf* en su tiempo libre, jugaba *squash* si hacía demasiado frío para jugar tenis (fenómeno que no ocurría muy seguido en New Bern, Carolina del Norte). Tenía un pequeño yate en el cual gozaba de la pesca de altura, y como si todo aquello no fuera suficiente para mantenerse en condición y de cuerpo sano, lograba pasar por lo menos un par de semanas cada invierno esquiando en alguno de los centros de esquí en las Montañas Humeantes a unas cuantas horas de distancia.

Desde que había montado su restaurante, La Cantina de Miguel, cinco años antes, había sido más consciente de la necesidad de hacer ejercicio dados los largos ratos que tenía que permanecer sentado durante el día, y aparte, por las desveladas inherentes a la administración de ese tipo de empresa. Sin embargo, para un soltero que gozaba del trato con el público; y quien, además, era un perfeccionista en cuanto a la cocina y la preparación de las preciadas recetas de Guanajuato, México, de su difunta madre; para un hombre que gozaba plenamente de la actividad social, de los espectáculos y del bullicio del club nocturno más concurrido del pueblo, éste era el negocio ideal.

Enderezando los hombros y plantando una sonrisa agradable en su rostro, se aventuró al área de la cantina, directamente al lado izquierdo de su oficina. Notó que sólo quedaban dos mesas en el comedor principal que se veía a través de los arcos de estuco, pintados y curtidos para darles el aspecto como de adobe antiguo. Los clientes que cenaban en las mesas parecían haber terminado sus postres, y estaban tomando brandy y café de olla. Viendo su reloj, calculó unos diez minutos para que abandonaran sus mesas. Podría dejar ir a la mayor parte de los empleados de la cocina y de limpieza, siempre y cuando se quedaran suficientes trabajadores para hacer la limpieza después de cerrar.

Todavía había mucha actividad en la cantina, a pesar de la hora. Un grupo de clientes había juntado tres mesas a lo largo del banco de estuco acojinado que corría a lo largo de la pared de arcos. Estaban cantando a toda voz al son de la música que tocaba el sistema de discos compactos, que se controlaba detrás de la cantina. Se dio cuenta de que por lo menos dos de los ocho clientes estaban tomando café, y llamó al valet del estacionamiento de su puesto enfrente de la puerta principal.

—Toño, quiero que vigiles a los dos hombres que están tomando café. Asegura que sean ellos los únicos que manejen cuando salgan de aquí, ¡porque los demás en esa mesa están hasta atrás! —dijo en voz baja.

Toño le sonrió, y guiñó el ojo en dirección a su jefe.

—Los he observado durante un buen rato, Miguel. Los dos sobrios fueron los que llegaron manejando, así que me imagino que manejarán ellos al salir. Sin embargo —dijo, discretamente moviendo la cabeza en dirección a una mesa en la esquina—, esos dos llegaron en coches separados, y no estoy seguro de que alguno de los dos pueda caminar, y mucho menos manejar.

Miguel hizo una mueca de dolor. Se trataba de una pareja de mediana edad, y la mujer exhibía un comportamiento demasiado empalagoso como para creer que el objeto de sus atenciones pudiera ser su marido. Sin embargo, los dos tenían anillos de matrimonio.

—Eso puede ser un tanto delicado. Déjame manejarlo —señaló con un movimiento de la cabeza hacia la única otra mesa ocupada, y levantó las cejas en son de pregunta en dirección a su empleado.

—No hay problema, jefe. Acaban de cenar y están tomando un capuchino.

Sonriendo a su empleado tan observador, le dio

las gracias y se encaminó hacia la mesa grande, volviéndose de nuevo a su empleado.

—¡Mira! Llama dos taxis, por cortesía de la casa. Si toman el mismo taxi al salir, está bien. Y al otro, le pagas el importe de una dejada, de todos modos.

—¡Sí, señor! —dijo Toño, sonriendo, y volvió a su lugar. Miguel observó mientras el joven llamaba al sitio de taxis con su teléfono celular, esperando su señal antes de acercarse a la pareja. Como si hubiera ensayado la escena, en el momento de asentir con la cabeza Toño, Miguel se acercó a la pareja.

—Buenas noches —los saludó, con una gran sonrisa amistosa—. Soy Miguel López Garza, el dueño de esta humilde empresa.

Los dos levantaron sus miradas para encontrarse con la cara sonriente de Miguel. Sólo a él se le ocurriría hacer referencia al lugar como *humilde*. Aceptando como reconocimiento sus miradas beodas, continuó:

—Como cortesía de La Cantina de Miguel, y sin costo alguno para nuestros clientes, proporcionamos varios taxis a la hora de cerrar para llevarlos a donde ustedes gusten. Siéntanse con la absoluta libertad de tomar uno o más de los taxis al salir. Contamos con personal de seguridad toda la noche para cuidar sus coches, y pueden pasar por ellos a la hora que gusten mañana. Y ahora, ¿puedo ofrecerles alguna otra cosa? ¡Como cortesía de la casa por supuesto!

Habló con mucha autoridad, y con tanta calidez y hospitalidad, que la pareja quedó atónita durante un momento. Sus expresiones cambiaron lentamente de la confusión al alivio, y finalmente devolvieron la sonrisa a Miguel. El hombre fue el primero en pronunciar palabra.

—Es muy amable de su parte, señor...

—Miguel, nada más Miguel —Miguel lo rescató de una posible vergüenza, seguro de que no acordaba de su apellido.

—Miguel. Y gracias —dijo sonriendo, sin aceptar la copa por cortesía de la casa que le había ofrecido Miguel.

Estrechando la mano del hombre, luego de rozar caballerosamente la mano de la mujer con sus labios, Miguel les deseó una agradable velada y atravesó el cuarto para la cantina.

Julia estaba platicando animadamente con el cantinero, Fredo, y brincó cuando Miguel le tocó el hombro. Regalándole una gran sonrisa, lo tiró del brazo para hacer que se sentara en el banco a su lado, y lo besó en la mejilla una vez que estuvo sentado.

—Yo ya pensaba que jamás ibas a salir de ahí, querido —dijo ella, regalándole una sonrisa que prometía todo lo que él pudiera desear. Su largo cabello color azabache y tez olivácea oscura hacía relucir resplandecientemente el blanco natural de sus dientes.

—Nada más tuve que terminar con el papeleo. Además —agrego, forzando una sonrisa—, ¡no esperaba visitas esta noche! ¿Y a qué debo el placer de tu compañía? —preguntó.

—Bueno, —comenzó a decir ella. Miguel pudo olfatear el brandy en su aliento al pronunciar lentamente la palabra al exhalar—, ¡si Mahoma no va a la montaña, la montana viene a Mahoma! —observando el rostro de Miguel, buscando una reacción que no apareció, y continuó—: No me has llamado en casi dos semanas, querido. ¿Por qué no me has llamado?

Porque estoy cansado de tus manipulaciones, pensó él, pero sonrió cordialmente.

—Ocupado, nada más —respondió, sonriendo. No era totalmente una mentira. Había estado muy ocupado. Ocupado con Ana y Jennifer, y por supuesto, con Beatriz—. Además —continuó, con una sonrisa más amplia—, ¡dijiste que si yo no estaba dispuesto a comprometerme a sostener una relación formal contigo podría olvidarme de volver a verte jamás! Y dado que no estoy dispuesto a... —la mirada furibunda de Julia acalló sus palabras.

Forzando una sonrisa, ella lo miró ferozmente. Con la sonrisa fija y los ojos entrecerrados, parecía un gato a punto de atacar a su presa. Dándose cuenta de que Miguel no estaba cohibido en lo más mínimo, ella suavizó su mirada. Por supuesto que habría preferido una relación formal con Miguel, pero aceptaría cualquier relación que pudiera disfrutar con él. Era guapo, rico, encantador y amable... y el mejor amante que había tenido Julia en su vida. No, no estaba dispuesta a terminar la relación con él. Con un poco de paciencia, podría domar a cualquier hombre. Aun a Miguel López Garza.

—Yo sé lo que te dije, mi vida —dijo ella con un tono suave—. Exageré un poco. Exageré, y lo siento. Jamás pensé que tomaras en serio mi insensatez... —dijo, terminando la frase con un lloriqueo.

—¿Insensatez? ¡A mí me sonó a amenaza! —respondió él, manteniendo fija su sonrisa. Mirando hacia la puerta, hizo una señal en dirección a Toño. Cuando se acercó el joven, Miguel le dijo a Julia—: No me gustan las amenazas. Jamás me han gustado. Jamás me gustarán. —Mirando de nuevo hacia Toño, se desvaneció su sonrisa—. Toño, ¿podrías acompañar a la señorita Julia a su coche, por favor?

Para evitar otra discusión con su ex-amiga, miró a Fredo, y con un tono de voz muy cordial, le preguntó por su familia.

Julia se dejó sacar de La Cantina de Miguel, pasmada y asombrada por lo sucedido, y avergonzada de que hubiese ocurrido delante de los empleados de Miguel.

Capítulo Uno

Gina se sentía físicamente rendida después de un largo día de recorrer los sitios de interés. Había llegado muy tarde la noche anterior a Washington, D.C., y sus anfitriones la habían llevado a pasear en automóvil por toda la ciudad para disfrutar de las vistas nocturnas en algunos de los principales sitios turísticos, antes de regresar a su bello condominio con vista al Río Potomac. Aunque para ella fuera una hora más temprano, Gina había tardado en el aeropuerto hasta pasadas las dos de la madrugada para completar sus trámites de inmigración, recoger su equipaje y pasar por la aduana.

Apenas había dormido por la emoción que sentía al estar finalmente en Washington, D.C. con su amiga. Mickey lucía preciosa, y parecía estar extremadamente feliz después de su reciente matrimonio. Su esposo, Mauricio, era un médico cubano que trabajaba en la investigación del cáncer en el Instituto Johns Hopkins. Guapo y encantador; Gina comprendió inmediatamente la adoración que su amiga sentía hacia este hombre.

Tanto Mickey como Mauricio habían tomado el día libre para llevar a Gina a conocer varios sitios turísticos, y, por el ardor que sentía en sus pies, Gina estaba segura de haber caminado por todos los museos y por todas y cada una de las dependencias públicas de la ciudad. Como atención final del día, sus anfitriones habían insistido en invitarla a un restaurante de barbacoa brasileña en las afueras de la capital para cenar, prometiéndole que sería una nueva e interesante experiencia para ella.

El lugar era todo lo que le habían prometido, y mucho más. Después de servirse porciones generosas en el bufé, había regresado a su mesa. Luego de apartar un pequeño espacio en su plato para la carne, dió vuelta el portavasos con la cara verde hacia arriba, siguiendo las instrucciones de Mickey y Mauricio. Al regresar unos momentos después Mauricio y Mickey, encontraron a Gina con los ojos tan abiertos que parecían del mismo tamaño que su plato. Los meseros que paseaban con enormes alambres con cortes de todas las carnes habidas y por haber, estaban parados en frente de ella, describiéndole cada suculenta selección de carne. Ella parecía disfrutar de tanta atención, pero al mismo tiempo, se veia desconcertada. Al llegar sus anfitriones a la mesa, se relajó un poco el terror que mostraba su rostro.

—Me dijeron lo que tenía que hacer, ¡pero jamás esperé todo esto! —dijo riéndose, al señalar con un gesto en dirección a los meseros—. ¿Hay alguien que de verdad coma toda esa carne? ¡Hablando de exceso de colesterol! —dijo con una risita.

Mauricio sonrió, y se volvió hacia los meseros.

—Miren... a ver si nos traen otro plato para ponerlo en el centro de la mesa. Así pueden servir un buen surtido de cortes ahí, ¡y todos podemos servirnos un poco de todo!

Uno de los meseros atravesó el cuarto hacia una de las parrillas, regresando con un platón grande de servicio, que colocó en el centro de la mesa. Los otros dos meseros, uno que llevaba la carne de carnero y el otro que llevaba la de puerco, empezaron inmediatamente a rebanar porciones de los diferentes cortes, colocando las rebanadas de manera decorativa alrededor del plato. El primero, que llevaba diferentes cortes de carne de res, hizo lo mismo.

Al probar pequeños trocitos de cada una de las carnes, Gina se fijó en las grandes porciones que estaba comiendo su amiga, notando que gozaba plenamente cada bocado. ¡Qué cambio! Siempre se había burlado de Mickey por ser anoréxica, porque siempre parecía vivir del aire, pero su nuevo apetito no parecía haber afectado mucho su cintura. Todavía era delgada. Gina no podía decir lo mismo respecto a su propio cuerpo. Era muy consciente de los diez kilos que había aumentado durante los últimos cinco años.

Tan pronto voltearon de nuevo sus portavasos hacia el lado rojo, los meseros se acercaron de nuevo para limpiar la mesa, y llamaron entonces a otros meseros que llevaron carritos de servicio a la mesa con los postres más deliciosos que había visto Gina.

—No debo —empezó a decir, sonriendo de manera traviesa—, ¡pero no puedo resistirme! ¡Se ven deliciosos!

Escogió una mousse de chocolate y una pequeña rebanada de pastel de queso. Mickey escogió el flan, y Mauricio una tarta de fruta. Todos pidieron café y brandy.

Cuando se acomodaron en sus sillas para disfrutar del café y probar los postres, Gina miró a su derredor. La mayor parte de los clientes en el restaurante parecían de la clase media, o clase trabajadora. Ella sabía que la familia de Mickey era rica, y se imaginaba que Mickey y Mauricio ganarían bastante bien entre la carrera de investigación médica de él y el puesto de protocolo que desempeñaba Mickey en la embajada mexicana. Pero no comprendía cómo todos los demás clientes de aquel restaurante podían pagar más de cincuenta dólares por persona para cenar. No podía imaginárselo.

Notando el ceño fruncido de su amiga, Mickey preguntó.

—¿Estás bien, Gina? Parece que estás perdida en el espacio o algo así. ¿No te agradó la cena?

—Sí, ¡por supuesto que sí! ¡Fue maravillosa! Pero me preguntaba, ¡cómo puede pagar un lugar como éste toda esta gente! Como yo estoy aquí en viaje educacional, debo admitir que necesito que me den mi primera clase sobre la economía de los Estados Unidos. Esta gente es como nosotros... simplemente gente normal, con trabajos comunes y corrientes. ¿Cómo pueden pagar cincuenta dólares por persona por una cena? Quiero decir... ¡es que conozco mucha gente en Guanajuato que paga menos por renta que lo que cuesta una cena para dos en este lugar!

Mickey se rió, pero la cara de Mauricio tenía una expresión muy seria. Después de pensarlo un momento, habló.

—Gina, olvídate de una cena para dos que pagaría una renta. En mi país, pagaría un mes de renta, y además, con lo que sobrara costearía todos los gastos de una familia de cuatro personas. Antes, de recién llegado, me perturbaba mucho esa idea. De hecho, si tardé en contestarte, fue porque me remordía la consciencia, porque ya no me asombra.

—¿Qué quieres decir? —preguntó Gina.

—Te acostumbras. Bueno —agregó pensativamente—, te acostumbras, y no te acostumbras. Llega el momento en que te das cuenta de que todo es relativo. Un día me puse a comparar los salarios, y me di cuenta de que proporcionalmente a lo que gana uno en los Estados Unidos y en Cuba, el porcentaje del salario individual que se gasta en renta, comida en un restaurante, ropa o transporte público es aproximadamente el mismo. En lo único que yo veo en que los estadounidenses gastan una cantidad exorbitante es en todo lo que desechan en lugar de reparar. Aquí tiran a la basura aparatos que son perfectamente buenos, simplemente porque les hace falta una pequeña reparación, y tiran los automóviles por la misma razón, o la ropa porque falta un botón o porque hay que cambiar una cremallera. Es algo que jamás sucede en Cuba.

—Ni en México tampoco —agregó Gina, pensando en la cremallera de su bolsa negra de piel que había llevado para que repararan antes de venir a los Estados Unidos—. Pero, ¿no es una manera algo Marxista de ver las cosas?

Mauricio se rió:

—Marx no fue sino uno de muchos que han comparado las economías del mundo de ese modo. Cuántas horas hombre para comprar una docena de huevos o un litro de leche, y todo eso. Es la única manera en que tiene sentido comparar el costo de la vida en diferentes lugares. Todo es bastante relativo a lo que ganas. Las ciudades económicamente desparejas del mundo, como la Ciudad de México, París, Honolulú y hasta Nueva York, están simplemente fuera de sincronización con las demás ciudades porque los salarios no alcanzan para las necesidades más esenciales de la gente, dado el elevado costo de la vida.

—Ya entiendo. Supongo que me asombran los precios porque los convierto en cifras relativas a lo que gano yo, ¡y me doy cuenta de que tendría que ahorrar durante un año para poder invitar a mi novio a cenar en este restaurante! —dijo riéndose, pero luego su sonrisa se convirtió en mueca—. No porque aceptara venir. ¡No le gusta comer en la calle!

Mickey observaba a su amiga mientras ésta hablaba con Mauricio. Gina siempre había sido muy bella. Con su largo cabello color azabache, sus largas pestañas rizadas y negras, sus ojos color café obscuro, su nariz respingada y su bonita sonrisa.

Siempre habiá sido muy delgada de jovencita, pero ahora Mickey notó que había aumentado unos cuantos kilos a lo largo de los años. Su figura, alguna vez bonita pero aniñada, ahora era más redondeada dándole un aire de sensualidad. *Sí, los años habían mejorado a Gina,* pensó Mickey, repentinamente consciente de los siete kilos que había aumentado desde su boda con Mauricio, que no se notaban debido a su altura, a pesar de que ella bien sabía dónde estaban. Finalmente habló:

—¡Cómo! ¿No le gusta comer afuera? Para ser guanajuatense, es un tipo medio extraño, ¿verdad? —exclamó.

—¡Es un tipo raro para cualquier lado del mundo!

Gina había pronunciado las palabras sin pensar. ¡No había sido un comentario muy romántico respecto al hombre con quien se iba a casar dentro de tres meses! Cambiando rápidamente el tema, miró a Mickey.

—Pero hablando de estilos de vida, ¡tengo que confesar que envidio el de ustedes! ¿Cómo consiguieron ese departamento tan hermoso? ¡Dicen que es sumamente difícil conseguir algo decente a buen precio aquí!

—Nosotros no tuvimos que ver en eso —explicó Mickey—, es el condominio de mi primo, Miguel. Te acuerdas de Miguel, ¿o no?

¿Que si me acuerdo de él?, pensó Gina. *¡Si no ha pasado ni un solo día en trece años en que no haya pensado en él!* Luchó para no cambiar la expresión en la cara, su corazón tamborileando dentro de su pecho, estaba simplemente encantada por que Mickey había sido la primera en nombrar a su primo.

—¡Por supuesto! Me acuerdo de Miguel... —dijo titubeando, para luego continuar como si hablara del clima—, ¿qué ha sido de su vida? —preguntó de manera indiferente, segura de que cada cliente en el restaurante podía notar la manera en que su corazón le golpeteaba en el pecho.

—Él es el mismo de siempre. Compró el condominio cuando fue estudiante en la Universidad de Georgetown. Después de graduarse regresó a New Bern, pero se quedó con el condominio en caso de que algún día quisiera regresar a Washington. Después, abrió un excelente restaurante en New Bern, y decidió quedarse a vivir en Carolina del Norte, así que optó por alquilar el departamento. Como Miguel me alquilaba el departamento por la misma suma de la mensualidad de su hipoteca, cuando nos casamos Mauricio y yo nos dimos cuenta de que jamás volveríamos a encontrar semejante ganga, y Mauricio se mudó conmigo en lugar de que yo me fuera a su casa.

—Aunque no lo creas, nos lo renta por aproximadamente la mitad de lo que me costaba un departamento chiquito de dos recámaras cerca de Johns Hopkins, en una colonia que ni siquiera podía compararse con la nuestra —agregó Mauricio.

Era típico de Miguel, pensó Gina. *Aun de adolescente, siempre había sido generoso y considerado. Ahora, si sólo pudiera buscar la manera de preguntar...*

Sus pensamientos fueron interrumpidos por Mickey.

—¿Saben qué? ¡Tengo una excelente idea!

—¡Cuidado! —bromeó Mauricio—. ¡Cuando a ella se le ocurre una excelente idea peligra la vida de todos!

Acallando a Mauricio con una mirada, Mickey continuó.

—Los niños están con mi mamá en New Bern. Pasaron sus vacaciones de primavera allá, extendiéndolas una semana, y van a regresar el domingo. ¿Por qué no vamos el viernes para caerle de sorpresa a Miguel? Sé que le fascinaría verte, ¡y jamás me perdonaría si no le digo que estás aquí! —la voz de Mickey estaba avivada por la emoción.

Gina ya no pudo ocultar su entusiasmo, pero de algún modo tuvo que indagar lo que realmente quería saber, sin parecer demasiado obvia.

—Me suena fantástica la idea. Además, me muero de ganas de ver a tu mamá, ¡y a los niños también! Pero, ¿estás segura de que está bien caerle de sorpresa a Miguel? ¿No deberíamos avisarle primero? ¿Y si tiene planes? ¿O su esposa? —agregó fingiendo toda la despreocupación posible con un pulso de casi doscientos.

—¿Su QUÉ? —rió Mauricio—. Miguel no sabe ni definir la palabra, ¡mucho menos considerar la posibilidad de tener una esposa! —agregó.

Con un notable suspiro de alivio, Gina recobró su compostura.

—Después de no ver a alguien en trece años, cualquier cosa es posible, Mauricio —dijo riéndose—, aun en el caso de Miguel —agregó.

Mickey observaba a su amiga. Gina parecía muy contenta de saber que Miguel no estaba casado, ¿o lo era nada más su imaginación? ¡Por supuesto! Después de que se fuera Mickey al internado, ¡Gina había sido novia de Miguel! ¿Quizás todavía tuviera sentimientos hacia él? No, no era lógico. Habían sido muy jóvenes. Y de todos modos, Gina estaba a punto de casarse. Por supuesto. Se trataba de simple curiosidad respecto a un viejo amigo. ¿O no?

—Si mal no recuerdo, ¿no fueron novios Miguel y tú alguna vez? —preguntó titubeando, pero usando un tono de voz calculadamente indiferente.

Gina se sonrojó. No cabía la menor duda. Realmente se sonrojó. Mickey se contuvo para no vanagloriarse de su descubrimiento.

—Discúlpame, Gina. No es asunto mío —dijo, reprochándose sola por su intromisión.

—¡No seas exagerada! —dijo Gina, de manera demasiado controlada para ser creíble—. Sí, anduvimos juntos durante un tiempo. Fue justo antes de que se mataran tus tíos. Y por supuesto, no he vuelto a verlo desde que se fue a vivir con tu mamá después del funeral de sus padres.

—Bueno —dijo Mickey con tono travieso—, ¡estás a punto de conocer la versión adulta y perfeccionada de tu antiguo novio!

Capítulo Dos

Al manejar los últimos ochenta kilómetros de la ruta costera, Miguel normalmente habría gozado de la sensación de paz que lo invadía siempre que se acercaban al sereno pueblo de su suegra, pero esta vez la tensión creciente de su pasajera en el asiento trasero, desde el momento de salir de Washington, D.C., se lo había impedido. Tanto él como Mickey se habían tomado la tarde libre para poder llevar a Gina por la ruta escénica, pero más larga. Habían ido por vía de Annápolis, para continuar por el puente sobre la bahía de Annápolis a la península oriental de Virginia, y posteriormente por el famoso Puente y Túnel de la Bahía de Chesapeake. Aparte de las exclamaciones de *¡Ay! ¡Qué precioso!* provenientes del asiento trasero, Gina había permanecido en silencio durante casi todo el viaje, apenas fijándose en el paisaje.

Ahora, después de haber anunciado que llegarían en menos de una hora, parecía como si alguien le hubiera dado cuerda a Gina; estaba hablando hasta por los codos. Mauricio había sospechado, desde la noche en la parrillada brasileña, que había algo más de fondo respecto a la situación entre Gina y Miguel de lo que ella admitía, pero había guardado discreción. No había mencionado sus sospechas ni siquiera a su esposa. Ahora, no le quedaba la menor duda. Disimuladamente divertido por el asunto, sonrió con picardía mientras conducía con pericia por el angosto camino.

Al pasar el puente del río Neuse para entrar al antiguo y pintoresco pueblo de New Bern, Carolina del Norte, de repente Gina se quedó callada.

Se sentía paralizada. ¿Se acordaría de ella Miguel? Por supuesto que sí. Dudarlo era simplemente absurdo. ¿Pensaría él que ella estaba gorda? Gina estaba muy delgada la última vez que se habían visto. *Cálmate, Gina. ¡Cálmate!* Se repitió una y otra vez.

Desde que Mauricio había dicho que llegarían en menos de una hora, Gina había sacado discretamente su polvera y lápiz labial de su bolsa, y rápidamente había retocado su maquillaje. No demasiado, sino justo lo suficiente. ¿Suficiente para qué? Para lo que fuera. Afortunadamente lo había hecho entonces, porque en este momento no habría podido hacerlo ni de chiste. *¡Dios!*, pensó. *No he estado tan nerviosa desde que...* Desde la última vez que había visto a Miguel, decidió.

Mickey estaba tan emocionada por el gusto de sorprender a su primo que apenas se había fijado en la nerviosidad de su amiga en el asiento trasero. Se entretuvo narrándole la historia de New Bern a su amiga, señalando varios puntos de interés al pasar.

—Y ahí a tu izquierda es la entrada al Palacio de Tryon —dijo—, y es definitivamente un *must de Cartier* que te llevaremos a visitar. Y un poquito más adelante... —dijo, amplificando la emoción ante la llegada a La Cantina de Miguel.

Pero no era necesario que completara la frase. Gina ya había visto el letrero en el edificio nuevo diseñado como una vieja hacienda mexicana. Apenas estaba bajando el sol, pero el pequeño letrero de neón escondía lo obvio. La Cantina de Miguel era todo menos lo que decía el nombre. Sin saber qué esperar, Gina había imaginado algo menos elegante y la sorprendió el magnífico edificio que tenía ante sus ojos. Mickey y Mauricio le habían dicho que Miguel era dueño de un restaurante muy concurrido, ¡pero jamás había esperado nada como esto!

Y ahora ella se sentía totalmente cohibida. ¿Cómo pudo haber pensado que Miguel se acordaría de ella? ¿O mucho menos que le importaría lo que pudo haber sido de ella?

Al meter Mauricio el coche al estacionamiento, un joven uniformado se les acercó con una gran sonrisa en el rostro.

—¡Doctor Mauricio! ¡Qué gusto! —exclamó, abriendo la portezuela para Mauricio. Otro joven había corrido al otro lado de su camioneta Honda para abrir las puertas para Mickey y Gina.

—¿Cómo le va, Toño? ¿Se encuentra don Miguel? —preguntó Mauricio, estrechando amistosamente la mano del joven.

—No, Doctor —respondió el joven—. Tuvo un juego de tenis esta tarde, pero llamó hace unos momentos para avisar que estaría de regreso tan pronto se bañara. ¿Por qué no pasan a tomar algo mientras lo esperan? Están aquí los mariachis esta noche.

Mauricio volteó hacia Mickey y Gina, levantando las cejas en son de pregunta. Mickey asintió con la cabeza, pero Gina parecía pegada al suelo, sin expresión alguna en el rostro.

—¿Gina? —insistió él.

La joven asintió con la cabeza, sin poder pronunciar palabra. Mauricio volteó de nuevo en dirección a Toño, y momentáneamente se quedó absorto en la conversación con el joven. Mickey tomó a Gina del brazo, y ésta se dejó guiar a la entrada. El valet abrió la puerta principal para que pasaran las dos mujeres, y Gina logró escuchar los tonos familiares de los instrumentos de los mariachis.

¿Mariachis? ¿En los Estados Unidos? ¿Aquí? Estaba pasmada y maravillada al pensar en el costo de mantener a todo un mariachi en un pequeño pueblo de los Estados Unidos. Ella se había sentido como en

estado de choque desde su llegada a los Estados Unidos, y ahora temía estar entrando lentamente en estado de coma.

El jefe de meseros saludó efusivamente a Mickey, y Gina le estrechó la mano como robot al ser presentada a él, su mirada moviéndose de un lado a otro por todo el restaurante. El hombre las acompañó a una mesa entre la cantina y el comedor principal; un elegante mirador reservado sólo para la familia del propietario, supuso Gina.

Cuando se deslizaba hacia la parte interior de la butaca, Mauricio las alcanzó, sentándose en la parte delantera de la mesa, al lado de Mickey. Al ofrecerles una bebida el jefe de meseros, Mauricio se volvió en dirección a las mujeres.

—¿Qué desean tomar estas damas tan encantadoras? —preguntó.

—Creo que tomaré un Dubonnet en las rocas, por favor; mitad blanco, mitad tinto —dijó Mickey.

—Y tú, ¿Gina?

—Algo fuerte. Algo muy fuerte —respondió lenta y deliberadamente, todavía mirando alrededor del cuarto, memorizando cada centímetro de la lujosa cantina.

Cuando su mirada llegó a la entrada principal, sus ojos se posaron en la razón de su actual estado de choque e inminente coma. Miguel estaba parado cerca de la puerta al lado del mismo valet del estacionamiento que había saludado tan efusivamente a Mauricio. El joven le dijo algo, señalando en dirección a su mesa. Aun desde esa distancia, Gina lo supo. Miguel no había cambiado. Más maduro, por supuesto. Sin embargo, seguía siendo el hombre más increíblemente guapo y sensual que había visto en su vida. Se sentía como si se fuese a fundir en el asiento, sus sentimientos una mezcla de emoción con temor y con esperanza —y que Dios la perdonara. Todavía amor. No era posible.

Al verla, la cara de Miguel se iluminó con el resplandor de mil luminarias. Y luego ella reconoció aquella sonrisa de la que se había enamorado cuando era poco más que una niña. Era cálida, real, y estaba dirigida a ella. Al acercarse a la mesa, él abrió los brazos, y sus ojos brillaron.

Sin darse cuenta de lo que hacía, ella se había deslizado por el asiento y se había puesto de pie, abriendo sus brazos igual que él. En cuanto Miguel la abrazó, ella le echó los brazos al cuello, mientras él la alzaba en el aire.

Haciéndola girar por el aire, apretada fuertemente contra su pecho, durante un breve momento volvieron a ser aquellos adolescentes, en Guanajuato y todavía enamorados. Al bajarla al suelo, Miguel la alejó suavemente por los hombros, mirándola a los ojos como había hecho tantas veces en su juventud.

—¡Georgina Ramón! ¡No puedo creer que estés aquí! —exclamó, atrayéndola hacia él de nuevo para abrazarla—. ¡Dios mío! ¡No puedo creer lo hermosa que te has puesto! —alejándola de nuevo y sosteniendo sus hombros con las manos, se mordió el labio inferior, moviendo la cabeza con la misma expresión que ella recordaba del pasado—. ¡Dime que no estoy soñando! —exclamó. Luego, soltando su hombro izquierdo, deslizó el brazo alrededor de su cuello, atrayéndola hacia él para después mirar en dirección a su prima y el esposo de ésta—. ¡Y ustedes dos! ¡No sé si abrazarlos o pegarles a los dos! ¿Por qué no me dijeron que venían? ¿O que Gina estaba con ustedes?

Los ojos de Mickey se abrieron con asombro al observar la muestra más efusiva y sincera que jamás había visto en su primo. Él siempre había sido encantador, de comportamiento refinado y cauteloso. Jamás lo había visto reaccionar ante nada ni ante nadie como esta noche. Mauricio estaba gozando de la escena como si fuera una buena película, con una media sonrisa en los labios. Dándose cuenta de que su esposa había quedado sin habla, fue él quién habló por fin.

—¿Tú crees? —se rió—. ¿Y perdernos de este espectáculo? ¡Impensable! ¡No me he divertido tanto en siglos!

Haciendo una señal en dirección al jefe de meseros, Miguel soltó a Gina, tomándola por el codo para ayudarla a sentarse de nuevo delante de la mesa. Él se sentó a su lado, sin quitarle la vista de encima. Ni siquiera se volvió cuando llegó el mesero a la mesa, a quien ordenó:

—Daniel, por favor... ¡la mejor champaña que tengamos! —dijo, todavía mirando a Gina. Esforzándose para quitar la vista del rostro de Gina, miró en dirección a su empleado—. Creo que todavía hay una botella de Dom Perignon del año 64 en la cava.

—Sí, don Miguel —dijo el hombre dirigiéndose rápidamente en dirección a la oficina, para abrir una puerta con su llave, y luego desaparecer hacia la oscuridad.

Momentos después, volvió a aparecer con una cubeta de hielo y la botella de champaña que Miguel había pedido. Tras girar hábilmente la botella en el hielo, la champaña se enfrió a la perfección. Mientras un mesero colocaba flautas delante de cada uno de ellos, Daniel descorchó la botella, y sirvió a todos. Levantando su copa, Miguel esperó mientras sus tres invitados hacían lo mismo.

—¡Por todas las hermosas sorpresas que nos brinda la vida! —dijo, mirando directamente a los ojos de Gina—. ¡Salud!

Todos chocaron su copas, brindando por ese momento. Luego sin pensar, Mickey ofreció un brindis a su amiga.

—¡Y brindo por la nueva vida de Gina, también! —dijo, deteniéndose en seco al percibir la mirada de dolor que le lanzó Gina.

—¿Sí? ¿Alguna novedad que desconozco? —preguntó Miguel.

Gina estaba horrorizada. Aunque probablemente fuera el momento preciso y el lugar apropiado para anunciar su compromiso y próxima boda, habría dado lo que fuera por no tener que pronunciar esas palabras. Se repitió a sí misma lo que su madre había dicho tantas veces para animarla en su juventud: *al mal tiempo, buena cara.*

—Sí, Miguel, me caso el próximo verano —dijo, esforzándose para sonreír.

Miguel sintió como si la cubeta de hielo, en la que había sido enfriada la champaña sólo minutos antes, de repente hubiera saltado por el aire, vertiendo su contenido directamente sobre su cabeza. Pero así es la vida. Riéndose de sí mismo por haber pensado, durante una fracción de segundo siquiera, que pudiera tener la menor oportunidad en esta vida de que una chica como Gina pudiera haberlo esperado todos esos años, o que ahora ella pudiera tener el más remoto interés en él; había sido ridículo.

No, su destino le deparaba chicas como Julia. Mujeres que entraban fácilmente a su vida, y se iban cuando lo aburrían. Nada en serio. Nadie de importancia. Nada más una serie de relaciones sin trascendencia alguna.

Sonrió con verdadera sinceridad, rodeando el hombro de Gina con el brazo, atrayéndola hacia él. Después de plantarle un beso fraternal en la frente, la abrazó de nuevo.

—Es maravilloso, Gina. Espero que seas feliz. Realmente feliz —dijo, y luego sonrió de nuevo—. Oye, tu novio no es celoso, ¿verdad? —bromeó—. ¡Porque yo no tengo intención alguna de soltarte ni por un minuto mientras estés aquí!

Gina se sintió más a gusto, aunque confundida por la reacción de Miguel al saber que ella se casaba. Durante un brevísimo momento, pensó que había detectado una expresión de desilusión en el rostro de él, pero sus palabras parecieron tan sinceras, y su gesto tan natural, que decidió que estaba equivocada. Ella, sin embargo, se sentía extrañamente desilusionada, y reconoció que era ridículo sentirse así, dadas las circunstancias.

Miguel insistió en invitarlos a cenar, sugiriendo que llamaran a la mamá de Mickey para que los alcanzara con los hijos de Mickey. A Mickey no le gustó la idea, e insistió en que disfrutaran de la velada solamente entre adultos.

—La llamaré al ratito, pero si no les importa, preferiría una noche con adultos solamente. Los niños nos pueden acompañar en lo que decidamos hacer mañana, y —dijo, echando una mirada a su reloj—, mamá debe de estar ya en piyama, leyendo o viendo la televisión.

—¡No te creas! —dijo Miguel con tono perverso, su sonrisa traviesa despertando la curiosidad de todos.

—Ándale, primito —persistió Mickey—, ¿qué sabes tú que yo no sepa? ¿Anda mi madre por ahí de gran romance con un nuevo galán?

Todos se rieron. Laura Campos era una de las mujeres más elegantes y refinadas de New Bern, y jamás habría "andado por ahí" ni de adolescente, ni mucho menos a los sesenta y tantos años.

Mientras un apuesto y joven mesero colocaba sus selecciones delante de cada invitado, Miguel miró directamente a Mickey hasta que la mirada de ella se encontró con la suya, y luego desvió la vista hacia el joven, y luego de nuevo a Mickey. Mickey levantó las cejas, confundida, tras seguir la mirada de Miguel. El joven era guapo. Era alto y delgado; tenía la tez de color oliváceo oscuro; enormes y penetrantes ojos azules, y cabello color azabache, un poco largo para ser mesero en un restaurante de cinco estrellas, pero le daba un aspecto de aristócrata. ¿Qué podría tener que ver con su madre?

Al retirarse el joven de la mesa, Mickey miró a Miguel con una expresión confusa.

—¿Me vas a decir que mi madre está saliendo con ese infante? —dijo, medio en broma y medio en serio.

—Por supuesto que no —dijo Miguel, riéndose—, ¡pero tu hija sí! Tu madre la ha estado vigilando, como mamá gallina. Por eso dije que definitivamente estaría despierta.

—Que..., ¿qué? ¿Margarita y ese muchacho? —Mickey estaba pasmada. Su hija de dieciséis años no era novata en el arte de salir con chicos, pero éste le parecía distinto—. ¿Quién es? —preguntó.

—Ese, prima querida, es el novio que dejó tu hija Margarita en el Distrito Federal cuando la trajeron a vivir aquí. Se llama Ricardo. Es inteligente y bien educado; se ha escapado de su casa; se encuentra ilegalmente en los Estados Unidos; está totalmente quebrado, y adora a tu hija.

—Así que tú decidiste adoptarlo, ¿para ponerlo a trabajar? ¿Sin decirme nada? —Mickey estaba furiosa.

—La alternativa era menos aceptable. Margarita nos amenazó con fugarse con él. Y todos sabemos que lo hubiera hecho, —dijo Miguel, molesto por la implicación de su prima.

Mauricio y Gina habían permanecido callados durante el furioso intercambio entre los primos, mirándose con ojos asombrados. Una ligera sonrisa se formaba en los labios de Mauricio, y era obvio que Gina estaba a punto de un ataque de risa. Gina interrumpió la discusión, extendiendo la mano para tomar el brazo de su amiga.

—Mickey, no te exaltes. Estoy segura de que Miguel sabe lo que hace. Además, en cuanto a los novios y las madres quisquillosas... *tú*, amiga mía, eres la maestra. Recuerda...

Mickey la acalló antes de que pudiera continuar.

—Ya lo sé, Gina —dijo ella, arqueando las cejas y mirando en dirección a su marido—. Por eso me preocupo. Simplemente no estoy dispuesta a lidiar con este tipo de situación. ¡Es tan joven!

Mauricio le rodeó el hombro con el brazo y la atrajo hacia él.

—No creo que nos quede otra alternativa. Además, Margarita es una de las chicas más centradas que he conocido en mi vida. No creo que cometa ninguna estupidez —dijo, besando la mejilla de su esposa.

—Eso depende de tu definición de estupidez —replicó Mickey.

A Miguel le interesaba mucho más una noche con Gina que estar lidiando con los problemas de su prima, así que decidió lanzar la otra mitad de la bomba.

—Una vez que terminen de cenar, quizás les convenga tomar un paseo por la cava. El jefe de meseros dice que cuando Margarita los vio llegar, se lanzó por la puerta de la cava, y ahí sigue escondida —dijo, sin poder contener la risa.

—Ah, ¿sí? —dijo Mickey, poniéndose inmediatamente de pie, tomando y apartando la mano de su marido de la boca, un gran trozo de enchilada todavía colgado del tenedor que sostenía en la mano—. ¡Vamos a ver de qué se trata todo esto! —declaró ella.

Mauricio se encogió de hombros, echando una última mirada cariñosa en dirección a sus enchiladas, y siguió a su esposa para buscar a su hijastra.

Meneando la cabeza, divertido, Miguel los observó mientras caminaban hacia la puerta de la cava. Girando hacia Gina, sonrió cálidamente, casi logrando olvidar que ella era la mujer de otro hombre.

—Ahora sí, ¡al fin solos! —rió, y giró en el banco, levantando su pierna derecha sobre el banco para dar la cara a Gina—. Y ahora, ¡quiero saber todos los detalles de tu vida desde la última vez que nos vimos!

Gina se rió, un poco avergonzada por tanta atención de parte de Miguel.

—¡Casi trece años es mucho tiempo para condensarlo en veinticinco palabras o menos! —dijo, riéndose.

—Tengo el resto de mi vida para escucharte —dijo él, dándose cuenta de que sus palabras eran sinceras esta vez, aunque las hubiera dicho antes para fingir interés en otras mujeres.

Ella levantó la mirada para encontrarse con la de Miguel, y luego la esquivó, y miró al suelo, sintiéndose compungida. *¡Cómo quisiera que fuera cierto!* Pensó ella, pero se sacudió, avergonzada por pensar semejante cosa.

—Bueno, pues después de ser abandonada con el corazón destrozado por ti, terminé la preparatoria y luego estudié la carrera de maestra en la Normal de Guanajuato. Después de recibirme como maestra, conseguí un puesto en el Instituto La Salle, donde llevo cinco años enseñando inglés —dijo, para luego continuar—. ¿Ya ves? No pude condensarlo en menos de veinticinco palabras, pero, ¡todo cupo en menos de cincuenta! Como te habrás dado cuenta, mi vida ha sido la clásica vida común y corriente de la provincia. Nada dramático, nada emocionante. Nada más la vida como la conocemos en Guanajuato —agregó—: ¿Y tú? Me cuentan que eres todo un atleta en varias disciplinas, un erudito, un destacado empresario... lo cual es obvio al ver este lugar... y sobretodo, el mismo ser bueno, carinoso y auténtico que fuiste cuando saliste de Guanajuato.

Pocas veces había quedado Miguel sin habla, pero Gina lo había conseguido. Tampoco era fácil que se sintiera avergonzado, pero lo estaba. Tratando de pensar en algo que decir, miró a Gina, boquiabierto.

Gina intuyó lo que él sentía, como siempre lo había hecho desde chiquillos, y se estiró para rozar la mejilla de él con sus labios.

Sin pensarlo, Miguel dio vuelta su rostro y alcanzó los labios de ella, ligeramente, con sus labios.

La sensación de los suaves labios de él contra los suyos la hicieron brincar un poco, pero no se apartó de él.

Sorprendida, al principio se limitó a dejarse besar por él. Sin embargo, conforme se despertaban aquellas sensaciones familiares en ella, devolvió el beso, disfrutando la sensación de su boca, su cálido aliento y el efecto del despertar de la pasión en él.

Ella se transportó, girando por el espacio y el tiempo. Anhelaba volver a ser de nuevo la adolescente aquella sin preocupaciones y sin responsabilidades; aquella que había encontrado a la persona especial en la vida que buscan todas las mujeres. Se dio cuenta de que estaba despertándose en ella aquella misma pasión que había descubierto por primera vez a los quince años; la misma pasión que ella había dado por muerta en el momento en que Miguel había desaparecido de su vida. Al sentir la mano de él subiendo de su cintura hacia su seno, dejó que volara su imaginación, volviendo de nuevo a su juventud. De pronto eran los mismos jóvenes y curiosos amantes de antes. Felices, libres, disfrutando nuevas sensaciones con el ligero abandono que sólo emana de los nuevos despertares, desligado de las consecuencias que los adultos deben considerar. La mente de Gina corrió, analizando el momento, mientras su cuerpo y alma se hundían más y más en un abismo de placer.

Finalmente, la mente de Gina conquistó a su cuerpo y a sus emociones al ver la imagen de Alfredo, con un letrero de neón destellando en su subconsciente proclamando: *Alianza. Lealtad. Novio.* La imagen la despertó a la realidad, y rompió el beso, suavemente quitando la mano de Miguel de su seno para luego enderezarse en su asiento. Estaba segura de que todos los clientes del restaurante estarían mirándolos, y que seguramente notarían su metamorfosis emocional tan claramente como podrían apreciar la reacción física que el beso y la caricia de Miguel habían provocado en ella.

Sin embargo, parecía que nadie los había visto. Ni siquiera los empleados del restaurante. Ella pensó que todos o estaban ciegos, o en el caso de los empleados del restaurante, quizás fuera tan común ver a su jefe besando a una mujer que ya ni se fijaban.

Sin embargo, la cara de Miguel decía otra cosa. Mirándolo, se dio cuenta de que su cara estaba sonrojada, y su mirada era penetrante, quemándola con el deseo.

Antes de que cualquiera de ellos pudiera pronunciar palabra alguna, Mickey y Mauricio regresaron a la mesa, trayendo con ellos a su hija de dieciséis años. La cara de la jovencita se iluminó al descubrir a Gina.

—¡Tía Gina! —exclamó—. ¡Qué gusto de verte! —agregó, agachándose y estirándose sobre su tío para abrazarla. Margarita siempre se había referido a Gina como su tía, por respeto y cariño a la amiga de su madre.

—Igualmente, hija —dijo Gina. Moviéndose un poco para hacerle lugar a la joven, tocó a Miguel para que hiciera lo mismo. Sin embargo, Miguel se resistió. Acariciando la mano de Gina, se deslizó hasta el extremo del asiento, y se levantó lentamente.

—Creo que debo dejarlos para que conversen un rato. No he revisado cuentas con los empleados desde que llegué de mi juego de tenis —regalando una sonrisa encantadora a Gina, miró a Mauricio y Mickey—. ¿Quieren que mande a calentar sus cenas? Me imagino que todo ya está frío —dijo, mirando las enchiladas y carne asada que quedaban en sus platos.

Mickey meneó la cabeza, pero Mauricio contestó por los dos.

—Gracias, Miguel, pero sería mejor que quiten los platos. Quizás si traen unos nachos u otra botana para picar mientras tomamos otra copa, podamos conversar un rato. Deberíamos llegar pronto a la casa de Laura, de todos modos.

Miguel llamó a un mesero para que limpiara la mesa, y luego se acercó a la cantina para pedir los nachos y bebidas a Fredo. Entonces caminó a su oficina con las llaves en la mano.

Una vez adentro, cerró la puerta con llave tras él, y atravesó el cuarto hasta su escritorio. Dando la vuelta alrededor del enorme mueble de caoba delicadamente tallado, acarició distraídamente la madera pulida de la superficie del escritorio que había sido de su padre, que su tía Laura había traído con mucho cariño de la casa de la familia en Guanajuato cuando Miguel había inaugurado el restaurante. Desplomándose en el gran sillón detrás del escritorio, se inclinó hacia adelante, y descansó el mentón sobre sus manos dobladas, sus codos planos contra el escritorio.

—¿Hasta cuándo vas a estar aquí, tía? —Margarita preguntó, mirando triunfalmente en dirección a sus padres al sentarse en el cómodo asiento de la mesa al lado de Gina.

—¿Aquí en New Bern? Nada más hasta el domingo. Supongo que regresaremos todos juntos —contestó Gina, notando la mirada que Margarita lanzó a sus padres al escuchar sus palabras.

—Bueno, quizás sí, y quizás no —dijo la adolescente, mirando nerviosamente a sus padres de nuevo—. Mi abue Laura me ha invitado a quedarme aquí. Dice ella que el Sagrado Corazón en Washington puede mandar mis créditos al Sagrado Corazón de aquí, porque es básicamente la misma escuela, y de verdad, me quiero quedar aquí. ¡Las chicas en Washington son tan petulantes! Es que la mayoría son hijas de diplomáticos, o de miembros del Congreso... ¡tú sabes a lo que me refiero! —exclamó, mirando intensamente a sus padres, quienes permanecieron callados. Mauricio parecía absolutamente tranquilo, pero Gina se dio cuenta de que Mickey estaba furiosa.

—¿Y qué es lo que te hace pensar que tú eres tan diferente? —Mickey se levantó de repente de la mesa, y atravesó el cuarto hasta llegar a la cantina, donde después de un breve intercambio de palabras con el cantinero, Fredo le entregó un teléfono inalámbrico. Marcó un número, y luego atravesó el cuarto hacia la puerta principal, fuera de la vista de la mesa. Margarita empezó a ponerse de pie para seguir a su madre, pero Mauricio la detuvo al colocar la mano suavemente sobre el antebrazo de la joven, acariciándola tiernamente.

—Déjala, Margarita. Nada más va a hablar con tu abuela. Tú sabes que tu abue Laura la tranquilizará. Podemos discutir todo esto mañana. Todo es cuestión de calcular el momento ideal para las cosas, mi vida, y escogiste el peor. Ella tiene que acostumbrarse a la idea antes de siquiera considerar la posibilidad. Tranquilízate, hijita. Vas a empeorar las cosas si la sigues.

Mauricio parecía más comprensivo en cuanto a los sentimientos de la jovencita que su propia madre en estos momentos, pensó Gina, pero al mismo tiempo, él era padrastro nuevo. Probablemente no quería enojar a la chiquilla más de lo absolutamente necesario.

Gina observó a la joven, haciendo memoria de sí misma a esa edad. Si ella hubiera sido llevada a los

Estados Unidos, dejando a Miguel, se preguntó si habría hecho lo mismo que Margarita. Mirando al espacio, asintió con la cabeza, sonriendo ligeramente.

¡Ella habría hecho exactamente lo mismo! ¡Sin pensarlo dos veces! La chica le partía el alma, y la comprendía perfectamente.

Pero Miguel había sido el que se había ido. Y después de unas cuantas cartas, había perdido todo el interés en ella. Ella había tenido que seguir el curso de su propia vida. Había conocido a Alfredo y había aceptado casarse con él. Era un buen hombre. Cariñoso y prudente, la amaba. Pero, si la amaba tanto, ¿por qué llevaban un año comprometidos? Y si ella lo amaba tanto, ¿cómo pudo haber besado tan apasionadamente a Miguel momentos antes? ¿Y por qué nunca había sentido la misma pasión al besar a Alfredo?

Algo definitivamente andaba mal en ella, decidió. Muchas veces había intentado imaginarse la noche de bodas con Alfredo, pero jamás había podido tener una imagen clara, ni la pasión que sentiría al hacer el amor por primera vez. Pero en ese momento, tratando de escuchar intensamente la conversación de Margarita con su padrastro —defendiendo sus buenas intenciones respecto a permanecer con su abuela en Carolina del Norte— Gina estaba visualizando imágenes explícitas de su noche de bodas. Sin embargo, el hombre embistiendo su cuerpo con pasión no era Alfredo. Era Miguel. Y las imágenes que conjuraba en su mente parecían naturales, amorosas... y correctas. Sí, pensó, algo definitivamente andaba mal en ella. Obviamente no estaba enamorada de Alfredo. Lo que parecía estar bien, pero probablemente no lo estaba, ¡era que todavía estaba enamorada de Miguel!

Escuchando el final de la conversación de Margarita con Mauricio, oyó la voz de ésta suplicando.

—¡Por favor, Mauricio! ¡Habla con ella! ¡Hazla comprender! Yo soy lo único que tiene Ricardo aquí, ¡y lo amo! Además, si dice que no, nada más haré que vaya por mí y nos escaparemos juntos. Puedo conseguir que un juez me declare adulta, ¡y puedo casarme sin el consentimiento de mi madre o tuyo de todos modos!

Mauricio se veía asombrado, pero mantuvo la calma, mientras su hijastra continuaba, ya consciente de que había ido demasiado lejos.

—Tú sabes que eso no es lo que quiero hacer, Mauricio. Quiero casarme con él. Algún día. Pero como debe de ser. En la iglesia, con vestido blanco y fiesta de bodas con todo, como lo hicieron mi mamá y tú —dijo, suavizando mucho el tono de voz—. Pero mientras tanto, no estoy dispuesta a abandonarlo aquí en New Bern para regresar a vivir en Washington. ¡No cuando existe una buena alternativa! —agregó.

—Margarita, yo comprendo lo que estás viviendo —interrumpió Gina. Notó que las facciones de Mauricio se relajaban un poco, obviamente aliviado por su intervención—. Yo tuve que vivir algo parecido cuando tenía aproximadamente tu edad.

—¿De veras? ¿Tú, tía? —Gina se sintió como una mujer anticuada al notar el tono e inflexión en la pregunta de Margarita. Sí, a la edad de Margarita, ella también habría pensado que alguien de veintiocho años era una anciana. Se rió.

—Sí, querida, yo. Tu vieja y decrépita tía Gina alguna vez fue joven, ¡por increíble que te parezca! —dijo, riéndose—. Mira... aparentemente vamos a ser compañeras de cuarto este fin de semana. Tendremos tiempo de sobra para conversar, igual como lo hacíamos siempre en Guanajuato cuando ibas a visitarme. ¿De acuerdo?

La jovencita asintió con la cabeza, su expresión mostrando alivio, hasta que vio que su madre regresaba de la cantina. La expresión de Mickey mostraba una mezcla de enojo contenido y furia. Sentándose en el asiento de nuevo, extendió la mano para apretar la mano de su marido.

—Sugiero que dejemos por ahora el tema, para pasar una velada agradable. ¡Mañana discutiremos ésto! —dijo firmemente mirando en dirección de Mauricio—. Acabo de pedir para todos uno de los Bulles especiales de Fredo, ¡para reanimar la fiesta! —miró a Margarita—. Y Toño está esperando en nuestro coche en la entrada. Te va a llevar a casa, jovencita. Son casi las once, una buena hora para que se retire una señorita de dieciséis años. ¡La alcahueta de tu abuela te espera! —agregó.

—¡Mi abuela no es ninguna alcahueta! —Margarita exclamó. Tomando un momento de pausa, Gina pudo imaginar lo que estaba pensando, y sabía que la chiquilla estaba decidiendo que más le convenía no machacar el punto—. Pero como tú digas, mamá, lo discutiremos mañana.

Con una postura de dignidad y aplomo que asombró a Gina bajo tales circunstancias, Margarita besó a cada uno de ellos en la mejilla antes de apresurarse camino a la puerta. Al inclinarse para rozar la mejilla de Gina, susurró:

—Gracias, tía. ¡Allá te espero!

Mientras todos la observaban, marchó a la puerta principal del restaurante, y se detuvo cerca de los escalones para observar al guapo joven que había servido su mesa antes. ¡Así que ése era el tal Ricardo!

Echando un vistazo en dirección de los tres, la pequeña seductora plantó un beso apasionado en los labios del joven; dando ella la espalda a la mesa familiar, y colocando la cara de él a la vista de todos. Los ojos de Ricardo se abrieron por su asombro... ¿o era temor?

* * *

Miguel realmente no tenía nada importante que hacer. Sólo lo había dicho porque le había urgido un momento de soledad, para organizar sus pensamientos. ¡Gina! Su sólo nombre evocaba una ola de recuerdos que lo inundaban con sensaciones de bienestar que no había vuelto a sentir desde la muerte de sus padres. Gina representaba otra época de su vida. Una época en que el mundo era un lugar más cálido, y la vida no había sido sino una serie de nuevas aventuras, una tras la otra. Algunas de ellas las había compartido con sus padres, y otras —aquellas que habían despertado sus emociones— las había compartido con Gina. Su actual estado de bienestar estaba aturdido por anhelos, prendidos por aquel beso. Eran los anhelos de un jovencito... del jovencito que había dejado de ser tantos años antes. El jovencito que había sido reemplazado por su nuevo ser. Su nuevo ser amargado, irresponsable, insensible; en una palabra: *valemadrista.*

Se reprochó solo por haberla besado de esa manera. *¡Dios mío!,* pensó. *Me porté como si ella fuera simplemente otra conquista!*

Pero ella no había rechazado su beso, y sólo se había apartado de él por sentir más pasión que la que consideraba apropiada. Él tenía que recordar que las chicas provincianas eran distintas al tipo de mujeres que había frecuentado desde aquel despertar al amor que había compartido con Gina tantos años antes. Las provincianas mexicanas creían en comportarse con propiedad y llegaban al altar generalmente aún vírgenes... vírgenes virtuales, por supuesto, pero vírgenes de todos modos. Harían todo lo imaginable hasta el punto final, excluyendo sólo el momento de placer consumado, y por lo tanto, podrían, con la consciencia pura, usar sus vestiditos blancos de boda, ofreciendo sus arreglos de flores blancos a la Madre Bendita después de recibir el sacramento del Sagrado Matrimonio.

Siempre las había considerado como hipócritas, pero en el caso de Gina, no percibía ninguna hipocresía de su parte, en absoluto. De modo extraño, sentía que ella era distinta. Así que, ¿de dónde venía esa reacción a su beso?

La respuesta más lógica era que simplemente la había sorprendido con su beso, y ella había respondido a pesar de sí misma, como transportada al pasado por unos instantes. Y aunque se hubiera apartado al tocar su seno, su cuerpo no mentía. A través de la delgada tela de su sostén, él pudo palpar la pasión en ella por sus pezón endurecido. ¡Todavía podía sentirlo!

¡Canalla! Se reprochó. Esta mujer estaba comprometida para casarse con otro hombre, probablemente era virgen todavía, y no sólo del tipo virtual, además. Él no tenía derecho alguno a evocar sentimientos en ella. ¿O sí?

Quizás no estuviera enamorada del tal Alfredo. Quizás hubiera venido a verlo a él. A verlo de verdad.

Él tendría que guardar precaución y discreción. No quería que sucediera nada que pudiera lastimarla, ni cambiar la vida de ella. No sería justo de su parte. Ella se iba a casar, y ya. El comportamiento de él tenía que ser acorde a eso, y tenía que tratarla como la gran amiga que era.

Esa era precisamente la diferencia entre Gina y todas las mujeres que había conocido desde su relación con ella. Ella era su amiga. La relación que había tenido con las demás era atracción física. En cuanto esa atracción física se enfriaba por cualquier motivo, lo cual era natural de vez en cuando en toda relación, no había existido ningún vínculo emocional en qué apoyarse.

Pero con Gina, siempre hubo aquella amistad, y era tan importante como la atracción física. Tendría que recordarse de ello constantemente durante todo el fin de semana.

Lentamente, se levantó, y atravesó su oficina hasta el lavabo para salpicarse la cara con agua. Al cepillarse rápidamente los dientes, se quitó, mentalmente, de su boca el dulce sabor de la boca de Gina y decidió a comportarse como todo un caballero durante el resto del fin de semana.

Cualquier hombre podía ser un caballero durante dos cortos días.

Capítulo Tres

—¡Ay, tía! —rió Margarita—. ¿Tú y mi tío Miguel? ¡No lo puedo creer! —exclamó Margarita al escuchar el relato de la relación de Gina con Miguel trece años antes—. ¡Es que ustedes dos son tan distintos!

—Pues sí —respondió Gina—, él es hombre y yo soy mujer, ¡y esa es la diferencia más grande del mundo! —dijo con una risita.

—No, ¡no es lo que quise decir! Es que... pues... tú eres tan...pues... seria, y Miguel es tan... no sé... tan estrafalario, loco, *playboy*. ¡Tú sabes a lo que me refiero! —explicó Margarita, estirándose sobre su cama gemela, abrazando un gran oso de peluche que Ricardo le había traído al llegar del Distrito Federal.

Gina estaba tirada sobre la otra cama, boca abajo, su cabeza descansando sobre sus antebrazos que abrazaban una almohada. La noche había terminado un poco después de la salida de Margarita de La Cantina de Miguel.

Al llegar a la casa de Laura Campos, después de los abrazos y saludos de costumbre, Gina se había disculpado, fingiendo sentirse rendida por las actividades de sus tres primeros días en los Estados Unidos. Había dejado a Mauricio y Mickey conversando ávidamente con Laura en el estudio de la enorme casa antigua en el distrito histórico de New Bern. Mickey se había tranquilizado un poco, habiendo tomado tres Bulles en menos de diez minutos, antes de salir del restaurante. La mezcla de tequila, ron, granadina y cerveza la había serenado a su amiga al grado de que ahora podía lidiar con su madre por lo de su hija.

Miguel la había besado en la mejilla al retirarse ella con Mauricio y Mickey, prometiendo acompañarlos a desayunar por la mañana en la casa de Laura. Ella se había quedado como flotando en una mar de emociones conflictivas, y había decidido no volver a pensar en él. Ni un pensamiento más, se había dicho.

Sin embargo, Margarita necesitaba su comprensión, y si alguna vez había visto a una joven urgida de confiar en alguien, era a la hija de su amiga en este momento. Al hablar de su propia experiencia, sus viejos sentimientos hacia Miguel le estaban saliendo a flor de piel, haciéndole imposible cumplir su juramento de no volver a pensar en él, pero su sacrificio valía la pena con tal de ayudar a Margarita.

—La vida cambia a la gente, Margarita —explicaba Gina, tratando de analizar a Miguel al hablar—. Él no era así cuando era más joven, por lo menos no un *playboy* como tú dices. Siempre era divertido y le encantaba hacer locuras, pero había en él un lado serio y sensible también. Por lo que pude ver hoy, todavía existe ese lado, ¿o no? —preguntó, pensando que quizás le había dado demasiado importancia al comportamiento de Miguel con ella esa noche.

Margarita tuvo que pensarlo bien antes de contestar. Hizo una mueca, tamborileando la nariz del osito de peluche con sus largas uñas manicuradas a la francesa.

—Supongo que sí. Es decir, es comprensivo y tierno con todos en la familia; le importamos mucho y todo eso. Pero yo me refería a como es él con las mujeres. Es como si estuviera patrocinando su propio concurso de *Miss Universo* en La Cantina cada semana. La ganadora tiene el honor de ser su novia durante siete días, ¡mientras se decida la próxima ganadora! —dijo—. No me malinterpretes. Yo quiero mucho a mi tío Miguel, ¡pero me dan lástima las chicas que desprecia!

A Gina le divertía la descripción de la adolescente, como si le hablara de alguien desconocido. De verdad no podía relacionar aquella descripción con el Miguel que ella conocía, ni siquiera quería hacerlo. La clase de hombre que Margarita acababa de describir no era alguien que le despertara el menor interés por conocer, y mucho menos con quien se hubiera visto involucrada en algún momento de la vida. ¡Era impensable!

Tratando de volver al propósito de la conversación con Margarita, habló suavemente, con un tono comprensivo en la voz.

—Esa descripción no le queda al Miguel que yo conocía. El Miguel que yo conocía era más parecido a tu Ricardo. Amable, sensible, cariñoso y generoso —dijo, esperando que la joven le siguiera hablando más de su novio.

—¿Qué es lo que lo habrá cambiado tanto? —la insistencia de Gina no había dado resultado, así que volvió a intentarlo.

—A decir verdad, realmente no sé. Nada más puedo suponer que quizás fue la muerte de sus padres, tener que venir a vivir a los Estados Unidos como huérfano, las universidades prestigiosas, u otros miles de factores pudieron haberlo cambiado. Me parece difícil creer que pueda ser tan diferente ahora. No creo que la esencia de la gente cambie realmente. Quizás enmascaremos nuestra propia esencia por muchas razones. Al pronunciar esas palabras, se dio cuenta de que las decía de corazón. Definitivamente la consolaban, aunque no tuvieran el mismo efecto en su joven compañera de cuarto.

—Quizás el cambio se deba a que no te pudo olvidar. Quizás por lastimado —Margarita pronunció las palabras como declaración, y no como pregunta, su mirada perdida en el espacio.

A Gina le agradó la respuesta de la jovencita, pues parecía que quería hablar de su novio. Por primera vez desde que empezaron a hablar, Gina sintió que Margarita estaba comenzando a relacionar el pasado de la mujer mayor con su propio presente.

—¿Por eso hiciste venir a Ricardo? ¿Para no lastimarlo? —preguntó. Su voz mostró ternura y comprensión.

—No, de verdad, no. Además, yo no hice que viniera. Vino por su propio voluntad —dijo, con un tono defensivo en la voz.

—No lo dije en sentido negativo, Margarita. Pero ahora se encuentra aquí. Y ahora, ¿qué?

La joven se volvió sobre la espalda, mirando al techo, todavía abrazando al oso de peluche. Sus ojos parecían llenarse de lágrimas, y era obvio que trataba, con todas sus fuerzas, de ocultar sus sentimientos.

—Es lo mismo que me preguntan todos. ¿Qué tiene de malo un simple "no sé"? Porque ninguno de los dos realmente sabemos. Nada más sabemos que queremos estar juntos de la mejor manera posible para ver qué sigue. Quizás salgan bien las cosas entre nosotros con el tiempo. Quizás no. Pero, ¿tiene algo de malo que queramos ver qué sucede? ¿Por qué el afán de todo el mundo de querer saber en qué va a terminar todo? —su tono de voz estaba subiendo más y más conforme hablaba, sus emociones traicionaban su fuerte deseo de mantenerse tranquila.

Gina hizo una pausa antes de contestar. En realidad consideraba muy madura la actitud de Margarita. No quería tomar decisiones a prisa. Nada más quería seguir la relación para ver a dónde los llevaba. Bastante inteligente, realmente. Mucho más inteligente, y mucho más madura, que Gina a la misma edad.

—Porque se preocupan, mi vida... nada más. Pero tienes razón. No estás preparada para tomar decisiones que pueden cambiar tu vida, y no tienes por qué tomarlas. Pero también es una gran responsabilidad que Ricardo esté trabajando con tu tío, y viviendo aquí por ti. ¿No te incomoda un poco? ¿Estás realmente preparada para estar atada a una sola persona? Con él viviendo con tu tío, y tú viviendo aquí con tu abuela, ¿no te sentirás un poco atada?

—¿Estás bromeando? —Margarita se rió—. Ricardo ha sido mi único novio, ¡desde los catorce años! —masculló el número como si los dieciséis años que recién había cumplido fueran una eternidad—. Yo no sabría ni hablar con otro chico, ¡y mucho menos salir con alguno!

Gina decidió llegar al meollo del asunto.

—Y, ¿qué pasará si tu mamá no te deja quedarte, e insiste en que regreses al Sagrado Corazón en Washington?

—¡No sucederá! —ya había florecido por completo la rebeldía, antes sólo incipiente, en los enormes ojos azules de Margarita.

—Podría suceder, Margarita, y tú y Ricardo tienen que estar preparados para lo que sea —dijo Gina suavemente.

—Lo estamos, tía. Créeme, lo estamos —respondió la joven, destendiendo su cama luego de meterse entre las sábanas. Aparentemente, la conversación sobre Ricardo había terminado—. Y ahora más vale que nos durmamos si mi tío Miguel viene a desayunar, ¡para que no tengas ojeras! —se rió—. Todavía no lo puedo creer. ¡Tú y mi tío Miguel! —agregó con un tono travieso en la voz.

—¡Ya duérmete! —dijo Gina, reprimiendo su propia risa.

* * *

Al despertarse el sábado por la mañana, Gina se encontró sola en el cuarto. La cama de Margarita estaba tendida, y aparentemente ya se había ido a la planta baja. Viendo el reloj, notó que eran casi las nueve de la mañana; por lo menos dos horas más tarde que su hora normal para levantarse.

Se levantó de la cama y automáticamente empezó a ponerse su traje de gimnasia para ir a correr, pero cambió de opinión. Miguel podría llegar en cualquier momento, y no tenía ganas de recibirlo toda acalorada y sudorosa por haber corrido.

Abrió su maleta, escogió unas bermudas caqui y un corpiño. Nada que fuera demasiado escotado, pero tampoco demasiado púdico. Asomándose al pasillo, vio que la puerta del baño estaba abierta, y se metió apresuradamente. Al cerrar la puerta tras ella, notó que el enorme baño antiguo había sido preparado para todos los invitados de Laura. Sobre un banco que corría a lo largo de la ventana cubriendo dos radiadores, había toallas, con notitas amarillas encima de cada juego. Había una toalla azul, esponjosa y suave, una toalla de mano y otra más chica con su nombre. La tina era enorme y de patas, pero al asomarse a verla, se fijó que estaba discretamente conectada a una nueva pared cubierta de azulejos que hacían juego con los azulejos antiguos del resto del baño. Al otro extremo del cuarto estaba el gran cubículo de la ducha con dos rociadores en muros opuestos. Decidiendo que la regadera era la mejor elección, Gina rápidamente se quitó la piyama y se metió en el cubículo, ajustando la temperatura del agua hasta lograr una mezcla perfecta. Había traído su propio champú, pero no pudo resistir la tentación de probar uno de los champús elegantes que su anfitriona había dejado para su uso.

Al secarse el cabello con una toalla, se fijó en unas cuantas canas, y rápidamente las sacó de raíz, al contrario de la opinión y advertencias de su madre, que decía que por cada cana que se sacaba así, aparecerían dos en su lugar.

Una vez vestida, se aplicó un poco de maquillaje. Esponjando su cabello húmedo, sonrió satisfecha a su reflejo en el espejo. Juntó rápidamente sus cosas para regresar al cuarto de Margarita y dejarlas en su maleta, apresurándose para bajar con la familia.

Al entrar al comedor, encontró sólo a Laura y a José Antonio, el hijo de trece años de Mickey, desayunando mientras leían el periódico. Los dos levantaron la mirada.

—¡Gina! —saludo Laura Campos—. ¡Te ves fresca y descansada! Por lo visto, dormiste bien, ¿verdad?

Inclinándose a besar la mejilla de su anfitriona, Gina sonrió.

—¡De maravilla, gracias! —viendo alrededor de la mesa, notó que quedaban cinco lugares sin tocar—. ¡No me digas que José Antonio y yo somos los primeros en bajar! —exclamó, agachándose para abrazar a José Antonio, y sentarse luego al lado de él—. ¿Cómo estás, hijito? —preguntó.

—Bien, tía, gracias —respondió el muchacho—. Sí, somos los primeros en bajar. Mi mamá llegó hasta atrás anoche, ¡así que me imagino que sigue dormida!

—¡José Antonio! ¡No hables así de tu madre! —su abuela regañó al niño—. No estaba "hasta atrás" como dices tú, tan vulgarmente. ¡Estaba cansada, y nada más!

—Sí, abue, como tú digas... —respondió, sonriendo.

Pasando por alto la burla de su nieto, ella se dirigió a Gina.

—¿Qué te gustaría desayunar, hijita? Hay café caliente y jugo sobre el bufé, pan dulce y otras cosas. María te puede preparar unos huevos, o cualquier cosa que se te antoje...

Al levantar la vista de su periódico, Gina no pudo

dejar de notar lo bella que seguía Laura Campos. Alta y delgada, con un cuello largo y regio, se veía todavía como una ex-modelo. Su cabello largo y canoso estaba peinado con un rodete justo sobre la nuca, acentuando sus facciones esculpidas y pómulos altos. Sus ojos todavía brillaban con el resplandor de la juventud, como profundas lagunas azules enmarcadas por sus largas pestañas negras.

—El café sería excelente, por el momento. Miguel dijo que venía a desayunar, así que debo esperarlo —levantando la jarra de café, se dio cuenta de que apenas quedaba para una taza—. Déjame llenar esto —le dijo a Laura—. Así, puedo saludar a María.

Al entrar a la cocina, vio a la mujer que había sido la nana de su amiga desde su infancia. Ahora era una anciana. María estaba sentada a la mesa de la cocina, leyendo *El Eco,* el periódico hispano de Carolina del Norte, tras gruesos anteojos. Al entrar Gina, se puso de pie con la agilidad de una joven, a pesar de sus casi ochenta años.

—¡Georginita! —exclamó, abrazando a la joven, besándola en la mejilla—. ¡Qué gusto verte! Me dijeron que estabas aquí... ahora, ¡déjame verte! —sostuvo a Gina a distancia, admirándola desde la cabeza hasta los pies—. ¡Pero es que te has convertido en una mujer muy hermosa! —exclamó—. Por fin creciste, ¡y ya tienes cuerpo de mujer!

Gina no se avergonzó en lo más mínimo ante el examen de la viejita. Riéndose, dio la vuelta.

—¡Ay, Nana! Me haces sentir hermosa, por lo menos.

Tomando las dos manos de la viejita, Gina se sentó en una silla en frente de la silla de María, atrayéndola para que se sentara otra vez.

—Y ahora, ¡cuéntame todo de tu vida! ¿Cómo estás de salud? ¿Y qué ha sido de tu sobrino? ¿Por fin terminó la carrera de medicina?

Gina había tocado justo el tema ideal. María sonrió de oreja a oreja, contenta de que Gina recordara al hijo de su hermana, a quien había pagado la carrera de medicina en México.

—Sí, terminó hace tres años, gracias por preguntarme. Hizo su servicio social en el sureste, y ahora trabaja en el Distrito Federal, en el Seguro Social durante las mañanas, y muy pronto, tendrá su propio consultorio en las tardes —dijo, su cara reflejando su felicidad—. Mi comadre —agregó, refiriéndose a Laura Campos con el término de cariño que usaban las dos mujeres entre ellas— me ayudó con los últimos centavitos para que él montara su propio consultorio.

—¡Pero qué maravilla! —exclamó Gina, sinceramente admirando las acciones de amor de esta mujer para con su familia—. Debes de estar muy orgullosa de él, Nana.

—Estoy orgullosa de todos mis chiquillos, incluyéndote a ti, hija. Mickey me dice que te vas a casar durante el verano. ¡Cuéntame de tu novio! —dijo, sus ojos brillando al sonreír con travesura—. ¿Es guapo?

Gina se dio cuenta de que nunca había pensado en él de esa manera. Sintió una repentina punzada de culpabilidad por haber contemplado con deseo cada centímetro de las hermosas facciones de Miguel, aparte de su cuerpo. Pero la nana de su amiga había preguntado sobre Alfredo, no Miguel. ¿Qué podía decir?

—Bueno, supongo que sí, a su manera. Lo que quiero decir es que es un buen hombre. Es amable, y responsable y... —se detuvo, tratando de pensar en otras palabras para explicar por qué se casaba con ese hombre. Por más que se esforzara, no podía.

María estaba observando a Gina, el brillo normal de los ojos de la nana iba desapareciendo, cambiado a una expresión indescifrable al darse cuenta de que Gina se había quedado sin habla.

—¡Ajá! —dijo—. Ya veo. Estás tan enamorada que apenas puedes recordar como describir al tal Alfredo. No te preocupes, hija, pues así suele suceder a veces —agregó, guiñando un viejo ojo sabio—. ¿Ya viste al joven Miguel? Me acuerdo de que ustedes dos antes fueron muy buenos amigos, ¿no?

Era típico de María llegar al grano. Jamás se le escapaba el menor detalle. Gina se puso de pie, atravesando el cuarto hasta el fregadero, donde vertió agua de la llave en una jarra para llenar el tanque de la cafetera. Al abrir la tapa para verter el agua, se dio cuenta de que le temblaba la mano. Temiendo que su voz delatara sus sentimientos, asintió con la cabeza.

María siguió hablando de Miguel, despiadadamente.

—¿Cómo te pareció? ¿Ha cambiado mucho desde la última vez que lo viste?

Gina sabía que se le subía el color a la cara, y trató de no pensar en el apasionado beso de Miguel ni su caricia la noche anterior. Armándose de toda la indiferencia que pudo, por fin contestó, con cuanta serenidad le fue posible.

—Bueno, es más viejo, pero igual lo somos todos, ¿verdad? —bromeó—. Los años lo han tratado bien. De hecho, creo que es más guapo que antes. Pero en su esencia es el mismo. Todavía parece ser el mismo que yo conocí.

—Y amab... —empezó a decir Maria. Miguel estaba parado en el marco de la puerta, el dedo índice contra sus labios para acallarla. Traía un arreglo de rosas rojas, envueltas en un cono, adornado exquisitamente con helechos verdes y una flor de lis.

Gina no se había fijado en la llegada de Miguel, y terminó la frase de María.

—Sí, Nana. Y que amaba —dijo en voz baja. Le parecía que decirlo en alta voz era trivializar sus sentimientos. Al decir esas palabras, miró a Maria, quien estaba sonriendo en dirección de la puerta.

Miguel no dio señas de haberla escuchado. Sonriendo ampliamente, atravesó el cuarto para entregarle las flores a Gina, abrazándola ligeramente.

—Al venir, pasé por una florería, ¡y pensé que éstas podrían alegrar tu día! —exclamó.

Gina estaba atónita, algo que muy pocas veces había sucedido en su vida hasta su llegada a Carolina del Norte el día anterior. Ahora estaba sucediendo con demasiada frecuencia.

—Gracias, Miguel —dijo, esforzándose para no tartamudear. Echando un vistazo a María, notó que el brillo había regresado a los ojos de la viejita, y estaba sonriendo a los dos.

—También traje unos tamales que preparó el cocinero hoy por la mañana —dijo, señalando hacia el comedor—. Vamos, las dos. ¡Vamos a desayunar!

María trató de disculparse, diciendo que ya había desayunado, pero Miguel la llevó al comedor, tomándola por el brazo, dejando a Gina que buscaba un florero.

A Gina le alegró el momento de soledad. Se moría de hambre, pero quería calmarse un poco. ¿Por qué le producía ese efecto Miguel? Probablemente tenía el mismo efecto en todas las chicas. ¿Y por qué no? Era guapo, encantador, considerado y todavía besaba mejor que cualquier hombre que ella hubiera conocido. No porque tuviera mucha experiencia en ese terreno, tampoco. Aparte de Miguel, nada más había tenido un medio-novio antes de Alfredo. Pero Miguel besaba mejor que todos.

Sacudiendo la cabeza violentamente, se reprochó ser tan superficial y desleal, aunque fuera sólo en pensamiento, a su novio. Atravesó de nuevo al anticuado fregadero, abriendo la alacena sobre éste, porque era la puerta más alta de la cocina; el lugar más probable para encontrar un florero. Dicho y hecho, al abrir la puerta, encontró todo un surtido de floreros. Escogiendo uno de cristal tallado muy bonito, lo llenó hasta la mitad de agua. Al colocar las flores, helechos y flor de lis, trató de despejar la mente que estaba llena de recuerdos del pasado, así como del presente. Realmente, ya no sabía lo que era real y actual, y qué era simplemente una reacción a su pasado con Miguel.

Al entrar al comedor con el arreglo floral, le dio gusto ver que Mickey y Mauricio estaban sentados a la mesa frente a donde ella se había sentado antes, disfrutando de los tamales que Miguel había traído de su restaurante.

—¡Buenos días! —los saludó. Colocó entonces el florero sobre el bufé lateral, sobre una charola de bronce, perfecta para no manchar la pulida mesa de caoba, si el florero sudaba.

Los dos, Mauricio y Miguel, la saludaron y se levantaron, caballerosamente.

—No se levanten, por favor —ofreció—. Todavía voy a traer la cafetera de la cocina. Acabo de preparar café fresco.

Mickey se paró inmediatamente, y dio la vuelta a la mesa, caminando a la cocina.

—¡De ninguna manera! —dijo gentilmente—. Tú eres nuestra invitada. Siéntate, por favor, Gina. No dejes que se enfrien los tamales, ¡porque están riquísimos! —agregó.

José Antonio aparentemente se había retirado de la mesa, y Gina se fijó que su lugar era el único que quedaba, directamente al lado de donde estaba sentado Miguel. Encogiéndose de hombros, dio las gracias en voz suave, y se sentó.

Al abrir las hojas del tamal, vio que eran de carne de puerco con salsa de chile rojo, e hizo un comentario, asombrada por lo bien preparado.

—Tu cocinero de verdad sabe lo que hace, Miguel. ¡Se ve riquísimo! —dijo, probando el primer bocado—. Mmm. Y lo es... ¡de verdad que está exquisito! —agregó, saboreando el tamal.

—Él es de mero Guanajuato... un verdadero paisano —respondió, visiblemente satisfecho porque a Gina le gustaron las muestras de su restaurante. De repente, le importaba mucho agradar a Gina de cualquier manera. Y no estaba del todo seguro de que le gustara. Era un sentimiento vagamente familiar y cómodo, que lo alarmaba.

Al regresar Mickey con una jarra de café fresco, por fin mencionó a Margarita.

—¡Tú y Margarita deben de haber estado conversando hasta la madrugada! —le dijo a Gina, mientras le servía una taza de café caliente—. Tiene un talento natural para dormir, ¡pero jamás se levanta tan tarde!

Gina levantó la mirada cruzándola con la de María. La viejita estaba obviamente esperando para ver lo que iba a decir Gina, y era bastante claro que ella también sabía que Margarita no estaba en la casa.

Tragando fuertemente en seco, Gina decidió que no le quedaba otro remedio que decirle a Mickey que su hija no estaba en su recámara.

—¿Margarita? —dijo inocentemente—. Ya se había ido a la hora en que yo me desperté. Su cama ya estaba tendida. Me imaginé que había salido a correr, o algo.

—¡No es muy probable! —bromeó Mauricio—. Ahora que maneja, si pudiera manejar para llegar de la sala al baño, ¡lo haría! Con su movilidad recién adquirida, se ha convertido en una absoluta holgazana! —se rió—. ¿Se ha fijado alguien si se llevó alguno de los coches?

Mientras las dos parejas iban hacia la Ciudad de Morehead en camino a las islas costeñas de Carolina del Norte, Gina se sintió a gusto con Miguel. Sentada en el asiento trasero con él en la camioneta

Honda de Mauricio y Mickey, observaba su perfil mientras éste hablaba con Mickey.

José Antonio había hecho planes con uno de los muchachos de la colonia que, a través de sus múltiples visitas a la casa de su abuela, se había hecho su amigo, y Margarita había aparecido poco antes de salir ellos.

Según la jovencita, se había ido al estudio local de ballet a hacer ejercicio, pero aunque llevaba una mochila, y sus zapatillas de punta estaban colgadas por afuera de la misma, Gina había notado que la muchacha parecía demasiado fresca y descansada como para haber estado haciendo ejercicio durante tres o cuatro horas. Gina sospechaba que había estado con Ricardo, pero decidió no decir nada. Sólo se trataba de una sospecha, y podía estar equivocada.

Sin embargo, no estaba equivocada al notar la felicidad apenas oculta de Margarita al darse cuenta de que sus padres estarían fuera de la ciudad hasta el día siguiente. Era obvio que pensaba disfrutar parte del tiempo a solas con Ricardo. La joven pareja le partía el corazón a Gina. Ella sabía que tendría que apoyar cualquiera decisión que tomaran Mauricio y Mickey, pero por el momento, quería ser una amiga comprensiva para Margarita.

Mauricio había sugerido, sabiamente, que fueran a pasear a las islas costeñas para analizar la situación y tomar una decisión con calma. El mar siempre calmaba a Mickey, según él. Secretamente, Gina ansiaba pasar un poco de tiempo a solas con Miguel para realmente volver a tratarlo... por lo menos, era lo que ella se decía.

Al llegar a la Ciudad de Morehead, Mickey sugirió que pararan en algún lugar para comer algo, dado que el transbordador para la Isla de Ocracoke no saldría hasta una hora y media más tarde. Gina todavía no sentía hambre después del desayuno.

—¿Cómo puedes comer tanto y mantenerte tan

flaca? —le preguntó a su amiga, riéndose—. Si intento comer a la par contigo toda la semana, ¡me vas a tener que rodar al avión cuando me vaya!

—¡Hago ejercicio! —dijo Mickey, sonriendo seductoramente en dirección a Mauricio.

Gina reaccionó de manera extraña ante el comentario de Mickey. De repente, se dio cuenta de que probablemente nunca se sentiría tan abiertamente sensual en su vida. ¡Jamás atrevería a hacer semejante comentario a Alfredo! Trató de quitarse de la cabeza el pensamiento negativo que la había invadido, pero sentía que le faltaba algo, y eso la enfureció.

Echando una mirada en dirección a Miguel, se preguntó si sería distinto con él. Pero, ¿cómo podía pensar semejante cosa? Estaba por casarse y no podiá tener pensamientos de ese tipo con respecto a su ex-novio. Era imperdonable.

Dado que Mickey era la única que tenía hambre, continuaron por la Ciudad de Morehead al embarcadero del transbordador que quedaba a media hora de distancia.

Como faltaba casi una hora para la salida del transbordador, estacionaron el carro en la fila para abordar, y entraron a la comandancia del embarcadero. Mientras veían una exhibición de fotografías antiguas de la región, los sorprendió el ruido de altavoces en el lugar.

Al mirar hacia el centro del cuarto, vieron a una mujer uniformada, que llamaba a los pasajeros con un micrófono. Curiosos, todos caminaron hacia ella, parándose detrás de unos asientos ocupados por otros pasajeros.

Una vez que hubo reunido a su público, la guardabosques impartió una lección interesante sobre la costa e islas costeñas de Carolina del Norte, contándoles historias de la bahía de piratas de Ocracoke, la isla fantasma de Portsmouth, así como los potros salvajes que corren libres tanto en el continente como en las islas.

Mientras la guardabosques hablaba, Gina y Miguel regresaron a la exhibición fotográfica, viendo las fotos de los lugares que la mujer mencionaba en su charla.

En la parte de atrás del cuarto había un asiento largo contra una ventana con vista a la playa tras los muelles donde atracaban los transbordadores. Mientras la guardabosques terminaba su presentación con una canción sentimental con ritmo "*country*", Miguel señaló un grupo de potros que corría libremente sobre la playa desierta. Mientras escuchaban la voz agradable de la mujer cantando su cuento de piratas que jamás llenarían de alegría sus corazones por preferir la plata y oro, Gina observaba a los potros que jugaban, envidiando su libertad.

Miguel pareció comprender instintivamente sus pensamientos. Tomó y apretó suavemente la mano de Gina.

—Parece que estás en otro mundo —dijo él en voz suave, mirándola detenidamente—. ¿Eres feliz, Gina? Tus palabras dicen que sí, pero no te siento muy feliz... no feliz de verdad.

La había tomado totalmente desprevenida; los ojos de Gina se llenaron de lágrimas tibias que no sabía cómo contener.

—¡Por supuesto que soy feliz! —dijo, forzando una débil sonrisa—. Soy feliz de estar aquí. De poder volver a verte. De ver a Mickey y a Mauricio tan contentos. Soy feliz, Miguel... de verdad.

—No quiero decir hoy, en este lugar y en este momento. Quiero decir en tu vida —insistió suavemente—. Eres mi mejor amiga de toda la vida, Gina, y estoy palpando algo en ti que no anda bien —se dio cuenta de que sus lágrimas estaban a punto de brotar, y apretó su mano de nuevo, de repente arrepentido de haber persistido—. Perdón, Gina. No debería haberte preguntado. No quise mortificarte.

Gina se enderezó y encuadró los hombros, controlando sus emociones.

—No lo hiciste, Miguel. A veces me traicionan las emociones. De verdad, todo esto significa mucho para mí. Me importa mucho. ¡Deberías recordar que siempre me pongo sentimental cuando soy feliz! —agregó, riéndose. Esta vez su sonrisa parecía más sincera, y Miguel se relajó un poco.

Mirando de nuevo en dirección a los demás pasajeros, se dieron cuenta de que la mayor parte de ellos había regresado a sus coches, listos para abordar el transbordador para la Isla de Ocracoke. Habían estado tan distraídos con la charla que ni siquiera se habían fijado en el éxodo de la gente.

Riéndose de sí mismos, dieron las gracias a la guardabosques al salir de la comandancia y corrieron al coche, donde los esperaban Mauricio y Mickey.

Al pasar por las filas en camino a la Honda, Miguel tomó la mano de Gina, arrastrando a la joven con prisa. Ella sintió escalofríos por el brazo al ser tocada por él, y se preguntaba cómo iba a soportar todo el fin de semana sin confesar sus sentimientos a Miguel o sin perder su compostura por completo.

Capítulo Cuatro

Al alejarse el transbordador del muelle, Miguel sugirió que subieran todos al mirador de la cubierta superior.

—De ahí, Gina tendrá una buena vista del estrecho, y a lo mejor podemos ver la Isla de Portsmouth —dijo.

Mickey sonrió a su primo. Ella lo conocía suficientemente bien para saber que la invitación era una mera cortesía, y que realmente Miguel no quería que los acompañaran. En el momento que su marido empezó a aceptar la invitación, Mickey estiró el brazo discretamente para apretarle la mano.

—Vayan ustedes dos —dijo—, y quizás nos veamos más tarde allá —agregó.

Al abrir la portezuela del lado de Gina para ayudarla a bajar del coche, Miguel echó una mirada de agradecimiento a Mickey. Gina se dio cuenta, aunque decidió que eran nada más sus deseos dando rienda suelta a su imaginación. ¿Qué es lo ella estaba deseando?

¿Alguna reconciliación con Miguel? ¿Después de trece años? En el mejor de los casos era ridículo pensarlo. O sería que simplemente quería que Miguel le declarara su amor eterno. ¿Nada más para inflar su propio ego? De acuerdo, su ego estaba bastante golpeado últimamente, pero no al grado que quisiera inflarlo a expensas de Miguel.

Aceptando la mano de Miguel para mantener el

equilibrio mientras se deslizaba del asiento trasero de la Honda para pararse al lado de él, sintió una descarga de calor que le corría por todo el brazo. Momentos después, cuando Miguel le soltó la mano, el calor había llegado a lo más profundo de su ser. Segura de que él podría notar esa reacción, agachó la cabeza y caminó delante de él hacia la escalera que daba a la cubierta superior.

Miguel la siguió, observándola desde atrás. El paso de ella indicaba que estaba cohibida, lo que no le impidió a él admirar sus voluptuosas caderas ondulando al caminar. Observándola al subir las escaleras, sintió una corriente sensual en todo su ser de la cual no sólo se reprochó, sino que tuvo que apartar conscientemente de su mente y su cuerpo.

Al entrar a la sala de pasajeros de la cubierta panorámica, Miguel señaló las máquinas en un rincón del cuarto.

—¿Gustas un café? —preguntó—. Me imagino que no será muy bueno el café de la máquina —agregó, incómodo por haberse sentido tan atraído a Gina.

—No, estoy bien —se disculpó—. Pero te acompaño si quieres tomar uno.

—No, Nada más pensé que querrías tomar algo —respondió, de repente dándose cuenta de que en todos sus años de amistad, jamás se había sentido incómodo con ella, y mucho menos había tenido que buscar temas de conversación. Era ridículo.

Guiando a Gina a uno de los bancos en la parte posterior de la cabina, forzó una risa.

—Sabes, ¿Gina? ¡Esto es ridículo!

—¿Qué cosa? —dijo ella, mirándolo fijamente al sentarse en el asiento—. ¿Qué es ridículo?

—Nos conocemos desde siempre, ¡y nos estamos tratando como extraños! Los dos estamos incómodos, intentando conversar y no tiene sentido. Si te ofendí anoche, ¡ojalá que pudiéramos aclarar las cosas para volver a sentirnos cómodos de nuevo!

¿Ofenderme? ¡No, por favor! Pensó ella. Fue el beso más apasionado que había gozado en años. Más de trece años, para ser exacta.

—¡Ay, Miguel! —exclamó—. ¡Para nada! No me ofendiste. ¿Cómo crees? —agregó.

¿Cómo podía decirle ella lo que estaba pasando por su mente? Su cabeza, su cuerpo y su alma estaban en un estado tan confuso que ella sabía que no estaba comportándose como siempre ese día. Por mucho que quisiera sincerarse con Miguel, todavía no encontraba las palabras que explicaran sus sentimientos, ni ante ella misma. Explicárselos a Miguel era imposible.

Al sentarse él a su lado, ella observó la expresión confundida en su cara, y se dio cuenta de que tenía que decirle algo.

—No sé cómo explicártelo, Miguel, pero lo que pasa es que estoy un tanto confundida en estos días —notando que su expresión había cambiado de confundido a lo que pensó ella que podía ser un poco esperanzado, Gina rápidamente cambió el tono—. Es natural. Al estar aquí contigo y con Mickey me trae tantos recuerdos de nuestra juventud, que de repente fue como si estuviera viviendo en el pasado, y te respondí exactamente como lo habría hecho entonces.

—Lo sé, y lo siento. Supongo que me comporté como si no hubiera cambiado nada después de tantos años, y no tuve derecho de hacerlo —había un tono de tristeza en su voz.

—No... ¡no te arrepientas! —exclamó ella—. Fue espontáneo, y los dos simplemente expresamos lo que sentimos. No hay nada de que arrepentirnos, salvo si ser humano es pecado... —dijo ligeramente, forzando una sonrisa.

Miguel giró y la miró profundamente a los ojos.

—Gina, créeme. No estoy arrepentido por tener todavía sentimientos hacia ti. Nada más me arrepiento por no reprimirlos. Estás enamorada de otro hombre, y estás a punto de casarte con él. No tengo derecho de pensar siquiera en lo que tuvimos nosotros —recorrió un dedo índice por la mejilla de Gina, para luego retirar su mano rápidamente—. Así que te prometo que me voy a portar bien, y no volverá a suceder. Realmente quiero que disfrutemos el poco tiempo que tendremos juntos antes de que tengas que regresar para... —su voz se desvaneció. No podía decir las palabras. No soportaba la idea de que ella se casara con otro.

¿Qué le pasaba? Al mirar por la ventana en dirección a un grupo de barcos camaroneros que regresaban al puerto después de un largo día de echar redes, pensó en la promesa que acababa de hacer. Ese no era él. Rarísimas veces se preocupaba —si es que alguna vez lo haciá— por las consecuencias de sus acciones con cualquier mujer. No era su naturaleza. Excepto con Gina. Ella era diferente, y él era diferente cuando estaba con ella. No podía estar todavía enamorado de ella. Después de todo, no habían sido sino adolescentes cuando estuvieron juntos, y jamás habían tenido relaciones íntimas. ¡Había sido un caso clásico de amor entre niños! ¿O no?

Por supuesto que sí, y la única razón por la que todavía guardaba tantos sentimientos por ella era porque jamás habían hecho el amor. De hecho, ¡era la única mujer con la que había querido tener relaciones y jamás se había acostado! ¡Por supuesto! ¡Era por eso!

Sus extrañas reacciones en torno a Gina eran simplemente instintos humanos. ¡Un oculto deseo de conquistar a la única novia que jamás había estado en su cama! Aunque en realidad, ahora que lo pensaba, no era cierto. Ella *había* estado en su cama. Una vez. No habían hecho el amor, no del todo. Pero había sido el acto más cercano a hacer el amor que alguno de ellos hubiera experimentado jamás hasta ese momento de sus vidas, y había sido maravilloso.

Gina observaba el rostro de él mientras Miguel miraba por la ventana de la cabina. Estaba distraído, como en otro mundo, viendo unos barcos de pesca. Al formarse una tierna sonrisa sobre sus labios sensuales, ella supo, inexplicablemente, que no estaba pensando en los camaroneros.

—¿Miguel? —dijo ella, colocando la mano sobre el antebrazo de él. La mirada de él descansó sobre su mano, la sonrisa todavía dibujada sobre sus labios—. ¿Estás bien? —preguntó.

Girando hacia ella, sonrió ampliamente.

—Perfectamente —insistió él. Observando las finas facciones de ella y sus enormes ojos, casi podía visualizar a la pequeña chica que se había apartado de él aquella noche hacía tantos años—. Nada más estaba pensando en cómo éramos —durante un breve momento pensó en enterrar de nuevo el recuerdo, pero decidió que lo que hacía que se sintieran incómodos el uno con el otro era su obstinación de no reconocer su pasado, así que continuó—. Estuve pensando en aquella noche justo antes de venir a vivir acá con mi tía. Tú expresión era la misma que tienes ahora mismo, en el momento en que me apartaste.

Se arrepintió de haberlo dicho, antes de terminar la frase. La expresión de Gina cambió de repente de preocupación a enojo.

—¡Miguel! —exclamó, pero para el gran alivio de él, se suavizó su expresión. Después de una larga pausa, habló suavemente, casi en un susurro—. Yo he pensado también en esa noche. Más veces que las que quisiera admitir —agregó, con una sonrisa triste—. Pero en retrospectiva, ¿no era mejor terminarlo así? Habría sido más difícil aún si... —no pudo decir *si hubiéramos hecho el amor.*

Él entendió. Colocando su mano sobre la de ella, sonrió tristemente.

—No sé, Gina, de verdad no lo sé. Creo que la primera vez debe de ser tan especial, y lo habría sido... —hizo una pausa, y finalmente agregó lentamente—, contigo.

Ella estuvo a punto de preguntarle si no había sido especial para él la primera vez, pero no se atrevió. Tratando de aliviar el momento, ella sonrió, retirando su mano de la de Miguel, para tocarlo en el hombro con su dedo índice.

—¡Te apuesto que dices eso a todas las chicas! —rió—, y, tengo que decirte, me parece buen rollo. Excelente, ¡de verdad!

Miguel la miró profundamente en los ojos.

—No es rollo, Gina. Lo digo de verdad. No se lo digo a todas las chicas, como dices tú, porque jamás ha existido otra chica como tú —dándose cuenta de que había dicho las palabras con demasiada vehemencia, decidió que más le convenía seguirle la corriente y no ponerse tenso.

Tomándola por la mano, la hizo ponerse de pie.

—¡Es hora de alimentar a las gaviotas! —anunció, llevándola con él hacia las máquinas con alimentos en el otro extremo de la cabina.

Gina se dejó llevar, y observó con sonrisa divertida mientras Miguel compraba un surtido de papas fritas, galletas y tostadas. Desfajando su camisa para formar una canasta, llenó el hueco con sus compras, y se encaminó hacia la puerta.

—Tú ve bajando primero —dijo—, para que pueda yo seguir tu cabeza. ¡No puedo ver las escaleras!

Gina se dio vuelta y bajó las escaleras al revés, guiando cuidadosamente a Miguel. Su sonrisa encantadora había vuelto, y la relajó mucho. Con las cosas sobre la mesa entre ellos por fin sintió que podían realmente disfrutar del tiempo que estarían juntos antes de que ella... *¡Ay, Dios! Antes de tener que regresar, ¡y casarme!*

Mientras Mickey y Mauricio esperaban a Miguel y Gina en el coche, la otra pareja parecía tardar demasiado en hacer sus compras de recuerdos de piratería en "La Cueva de Teach", una tienda local que vendía artículos turísticos en la isla de Ocracoke. Después de una hora y media en el transbordador, Mauricio había dado la vuelta a la pequeña isla para que Gina conociera algunos sitios de interés y después de una hora de recorrido, Mickey se moría de hambre.

—Si no salen pronto —dijo ella—, yo iré por ellos. Si no llegamos al Nido del Águila rápido, no habrá mesas, y si no como algo enseguida, ¡mi solitariame va a devorar las entrañas!

Mauricio sonrió a su esposa con adoración. De la mujer anoréxica y cautelosa que había conocido dos años antes, Mickey se había convertido en una mujer con unos apetitos feroces para la vida en general, y él había pasado los últimos dos años de su vida felizmente tratando de satisfacer todos y cada uno de esos apetitos. Los dos tenían carreras absorbentes, y en pocas ocasiones tenían la oportunidad de pasar unos días a solas.

Él había rechazado momentáneamente la idea de pasar el fin de semana con una pareja de solteros, disgustado por la idea de que las mujeres compartieran una habitación y los hombres otra. Sin embargo, esta chica había sido una de las mejores amigas de su esposa en su juventud, y por fin había accedido. Sin embargo, una espera de treinta minutos en un coche era más de lo que podía tolerar.

Justo cuando él abría la portezuela para bajarse en su busca, Miguel y Gina aparecieron por la puerta principal de la tienda, cargados con bolsas de compras. Sonriendo y conversando con las cabezas juntas, Mauricio tuvo la secreta esperanza de que quizás, después de todo, pudiera disfrutar de una habitación de hotel con su esposa.

—¡Estuve a punto de ir a por ustedes dos! —dijo al acercarse la pareja.

Gina parecía emocionada.

—¡Perdón! —dijo, agregando—, ¡es que conocimos al capitán de unas de las lanchas que llevan excursiones a la isla de Portsmouth! Y... —dijo, sin poder ocultar la emociones en el tono de voz—, ...¡nos va a llevar para allá después de comer! —notando que no hubo reacción alguna de parte de Mauricio, volteó hacia Miguel—. ¿Es que no tienen éstos ningún espíritu de aventura en absoluto? —preguntó, agachándose para picar la atención de Mickey, que estaba en el coche.

Mickey sonrió, meneando la cabeza.

—¿Alguna vez has visto las enormes moscas verdes que viven allá? —preguntó, y luego continuó—: Por supuesto que no, ¡porque sólo viven en estas islas! Y si quieres una probadita de lo que estoy hablando, te llevaremos al Panteón Inglés, donde hay más que suficientes de ellas para que yo me quede en el coche.

—¿Y pican? —preguntó Gina.

—¡Como el mismito demonio! —respondió Mickey, aplastando cualquier deseo que pudiera tener su marido de visitar la isla abandonada—. No sólo pican, sino que zumban alrededor de tu cabeza, ¡y pueden enredarse en tu cabello! —agregó, con una mueca de repugnancia en la cara—. Yo paso, muchas gracias.

Mauricio se encogió de hombros, secretamente esperando que de todos modos la otra pareja fuera, dejándolo a solas con su esposa.

Gina miró hacia Miguel, sus ojos brillando.

—¡Supongo que quiere decir que iremos solos! —No tenía intención alguna de regresar sin visitar aquella isla fantasma. Siendo de Guanajuto, para ella eran comunes las minas y los pueblos fantasmas que habían sido abandonados por los mineros al acabarse las vetas de minerales. Una isla fantasma era un concepto intrigante; algo que no tenía intención de perderse.

—¡Yo estoy dispuesto si lo estás tú! —respondió Miguel—. Pero Mickey tiene razón respecto a las moscas verdes. Tenemos que comprar un repelente y gorras para nuestras cabezas, para que no se nos enreden en el cabello.

Le entregaron las bolsas a Mauricio y volvieron a entrar a la tienda, para salir unos momentos después con una bolsa más, obviamente con el repelente de insectos. Traían puestas unas gorras idénticas de béisbol, bordadas con calaveras y huesos cruzados, al estilo de los piratas.

Al notar las risitas de la pareja al subir al asiento trasero del coche, Mickey empezaba a preguntarse que estaría sucediendo con ellos, pero en ese momento le importaba más su estómago.

—Y ahora —anunció—, ¡vayamos al restaurante! Luego Mauricio y yo nos registraremos en el hotel mientras ustedes van en busca de sus fantasmas. Las llaves estarán en la recepción cuando regresen. ¿Les parece bien a todos? ¿O quieren que pase otro par de horas muriéndome de hambre?

—Un poco irritable, ¿verdad primita? —rió Miguel, luego de recordar que ella había estado quejándose del hambre desde que pasaron por la Ciudad de Morehead, tres horas antes—. Perdón, prima. ¡Se me olvida que necesitas alimento cada dos o tres horas!

Mickey le echó una mirada despectiva, pero se suavizó al entrar al pequeño estacionamiento de arena a un lado del Nido del Águila, un restaurante informal en la orilla del puerto, conocido por sus excelentes mariscos.

Al seguir a Mauricio y Mickey al restaurante, Miguel tomó a Gina por la mano. Ella no se alejó, aceptándolo como una expresión de amistad.

A lo largo de la comida, Mickey, Mauricio y Miguel hablaban de Margarita, mientras Gina dejaba volar la imaginación. Estaba ansiosa de ir a algún lado a solas con Miguel, y sabía que no tenía derecho alguno de desear semejante cosa.

Al terminar sus cafés, llegó el Capitán Donaldson. Parado en la entrada del restaurante, miró por el comedor principal en busca de sus pasajeros. Un hombre bajito y de facciones ásperas, su cara tenía la textura de cuero que delataba que había pasado la mayor parte de su vida bajo el sol quemante del mar. Sus ojos parecían entrecerrados por naturaleza, el color azul profundo enmascarado por sus gruesas pestañas negras y sombreado por sus cejas pobladas. Su largo cabello canoso estaba alzado en una cola de caballo que salía por el hoyo de una gorra de béisbol. Vistiendo un pantalón de mezclilla descolorido y una camiseta amarillenta, parecía marinero de tercera clase, y no el dueño de una flotilla de lanchas de pasajeros y barcos de pesca.

Finalmente descubriendo a sus pasajeros, se acercó a la mesa de ellos, saludando con un movimiento de la mano al dueño del restaurante al pasar por el comedor principal. Mirando a su Rolex, se preguntaba que si habría tiempo para ir a la isla, explorarla y regresar a Ocracoke antes del ocaso. Los bancos de arena eran muy peligrosos a plena luz del día al salir de los canales bien marcados, y siempre evitaba la navegación nocturna en sus alrededores. Se sintió aliviado al ver que sus pasajeros habían terminado la comida unos minutos antes de la hora citada.

—Buenas tardes —saludó a las dos parejas, hablando el dialecto local que ocultaba el hecho de ser un graduado de la Universidad de Duke y conocido como uno de los más importantes expertos en biología marina de las islas costeñas—. ¿Están casi listos? Es tarde para estar apenas saliendo a la isla de Portsmouth, ¡si es que quieren tener tiempo para explorar la isla!

Mauricio miró al hombre desde su asiento y sonrió, sin haber entendido ni una sola palabra de lo que había dicho. Se volvió hacia Miguel y Gina con una sonrisa.

—Creo que eso fue su llamada a abordar, así que váyanse con confianza. Nosotros pagaremos la cuenta, y nos veremos en el hotel más tarde —ofreció, volviendo a sonreír al Capitán Donaldson, como si hubiera entendido las instrucciones del hombre.

—¿Dónde están hospedados? —preguntó el hombre a Mauricio—. Para traerlos.

—Estamos hospedados en el Parador de Barbas Negras —contestó, finalmente empezando a descifrar el difícil acento del lugareño.

Miguel se paró, y desinteresadamente dejó caer una tarjeta de crédito delante de Mauricio.

—Como ustedes van a pagar la comida —dijo, meneando la mano sobre la mesa—, entonces déjenme pagar el hotel. Saca tres cuartos, ¿no? ¡Así no quedan ustedes dos separados!

Mickey empezó a rechazar la oferta, pero una mirada de su marido la acalló mientras éste aceptó la tarjeta de crédito de Miguel.

Antes de atracar en el muelle de la pequeña bahía que protegía el pueblo fantasma en la Isla de Portsmouth, Gina ya había pasado más aventuras de lo que hubiera deseado al realizar este viaje. Después de un paseo con gran traqueteo hasta llegar al muelle de Ocracoke en el viejo Jeep Wagoneer del Capitán Donaldson, que parecía no tener amortiguadores, el marinero los había apurado para abordar uno de sus barcos más pequeños, insistiendo en que sería suficientemente amplio para los tres.

A diferencia del paseo en el transbordador del continente a Ocracoke, este barco había saltado y virado ante la mirada cautelosa del Capitán Donaldson. Gina trataba de concentrarse en sus interesantes relatos sobre los bancos de arena. El capitán les había enseñado los sitios de varios naufragios, algunos de cientos de años en el fondo del mar, y otros recientes de la década del cincuenta.

Pero a pesar de sus interesantes cuentos, Gina tuvo que valerse de toda su voluntad para controlar la náusea. Miguel le había preguntado, antes de alquilar el barco, si ella se mareaba en el mar. Gina había contestado tranquilamente que no, sin tomar en cuenta que su viaje en el transbordador había sido su única experiencia marítima, aparte de los botes de remo o de canalete que usaba la gente en los plácidos lagos cerca de Guanajuato. Ni siquiera se le había ocurrido que el movimiento de un barco pudiera causarle náuseas.

En cierto momento de la travesía de una hora, el Capitán Donaldson se había fijado en su pálida pasajera verdosa, y los llamó desde el timón.

—Te sentirás mejor si vomitas, niña —las palabras sonaban cariñosas al salir de su boca. Haciendo una señal para que Miguel detuviera firme el timón, extendió la mano para abrir un cajón, de donde sacó una caja de primeros auxilios. Abriéndola, retiró un frasco de Dramamina, y tomó dos pastillas. Sujetando otra vez el timón con una mano para que lo soltara Miguel, le entregó las pastillas a éste.

—Saca agua mineral de la hielera y dile que las tome. Estará perfectamente bien antes del viaje de regreso —ordenó.

Miguel hizo lo que el capitán había ordenado, pensando que en el peor de los casos, ella vomitaría al tomar el agua, lo que también la haría sentirse mejor.

Cuando le entregó las pastillas, y el agua helada, ella las aceptó agradecida, sin hacer preguntas. Si se las daba Miguel, seguramente la ayudarían.

—Gracias —dijo ella, después de tomar justo la cantidad de agua necesaria para tragar las pastillas—. Jamás se me ocurrió que pudiera marearme —angustiada, forzó una sonrisa—. Supongo que no he salido en mucho a alta mar, ¡en Guanajuato!

—¡Que no te dé vergüenza! —respondió Miguel, notando que ella estaba angustiada y que se estaba sonrojando—. Nos pasa a todos. Es una travesía por aguas picadas, y aun yo me siento un poco mareado —mintió, tratando de hacerla sentirse mejor.

Ella pareció más tranquila de ahí en adelante. Sin embargo, no pudo ocultar su alegría y alivio al llegar finalmente al muelle. Casi corrió por todo lo largo del muelle, ansiosa de sentir la tierra firme bajo sus huaraches. No estaba segura si era la tierra o las pastillas, de repente se sintió perfectamente bien.

Al acercarse los hombres, ella se volvió, levantando los brazos como señal de victoria.

—¡La tierra firme es maravillosa! —exclamó—. Ya me siento bien. Perdón por ser tan aguafiestas.

Deslizando un brazo alrededor de los hombros de ella, Miguel se inclinó para besar su frente.

—Tú no podrías ser aguafiestas aunque lo intentaras —dijo, consolándola.

El Capitán Donaldson señaló con la mano en la dirección general del pueblo.

—No hay mucho allí aparte de unas casas viejas con pisos llenos de hoyos —les dijo el capitán.

—¿Hoyos? —Miguel lo miró, curioso—. ¿Para qué?

—Agua —respondió el capitán.

—¿Agua? —preguntó Gina nerviosamente.

—Sí, —sonrió, obviamente disfrutando de la ignorancia de sus pasajeros en cuanto al motivo del abandono de la isla—. Bueno, vieran que ésta es la isla costeña más sureña de la cadena, y por lo mismo, es la isla más impactada por las tormentas. Todas las islas son meros bancos de arena, y cuando mucho, poco permanentes. Los últimos residentes de la isla tuvieron que taladrar hoyos en sus pisos para desaguar las casas después de las tormentas para reducir en parte los daños a sus casas, pero a fin de cuentas, las tormentas son despiadadas. La gente simplemente se daba por vencida y se iba, uno tras otro, hasta quedar apenas unos cuantos, y era demasiado caro para el estado proporcionar todos los servicios necesarios para la comunidad. Finalmente optaron por convertir toda la isla en parque —sonrió al mirar el pueblo—. Pero ya viene bien poca gente.

El Capitán Donaldson giró para darles la cara al caminar por el largo muelle en camino a su barco.

—No tarden más de dos horas por aquí, porque debemos de regresar a aguas seguras antes del ocaso —les avisó usando nuevamente su dialecto.

Miguel le prometió que estarían de regreso muy a tiempo.

Una vez que habían caminado unos pasos por la calle principal, Gina miró hacia Miguel, riéndose.

—¿Sabes? Cuando decían "isla fantasma," yo me imaginaba algo así como La Luz o Pozos en Guanajuato, pueblos fantasmas con todo tipo de peligros; tiros abiertos de mina y fantasmas que espantan... y aquí estamos en una islita de lo más tranquila que se inunda con frecuencia, abandonada porque el estado compró las tierras de los viejos residentes. ¡No hay mucho misterio en eso! —se rió.

—Eso depende de tu punto de vista e imaginación. Si lo piensas bien, el señor Donaldson puede o no ser un simple marinero —dijo Miguel, con una risa malévola—. Quizás en realidad se trata de un convicto escapado de la penitenciaría estatal, escondiéndose aquí, ¡y maneja todo un negocio de narcotráfico con sus barcos! —agregó.

—¡No cabe duda! —rió Gina—. ¡No has cambiado! Siempre creabas misterios y magia en todo lo que hacíamos —dijo ella, con una nota de nostalgia en su tono. Rápidamente cambió el tema para evitar las conversaciones serias como las que habían sostenido en el transbordador—. ¿Quieres ver el pueblo de Portsmouth? O, ¿prefieres regresar al muelle nada más?

—La verdad es que tenemos justo el tiempo necesario para nadar un poco en aquella caleta que vi al otro lado del pueblo cuando estábamos entrando a la bahía. ¿Qué te parece?

Gina asintió con la cabeza, decidiendo que una chapoteada en el mar sería refrescante después de correr bajo el sol todo el día.

Al correr por una duna de arena a la orilla de la playa, de repente ella se paró en seco al darse cuenta de que no tenían trajes de baño.

—Éste... Miguel... —tartamudeó—, ¿no has olvidado algo?

—¿Cómo qué?

—¿Trajes de baño? —permitiéndose el lujo de fantasear durante un momento, ella se imaginó a los dos nadando desnudos, sin temor de ser sorprendidos por nadie en esta isla abandonada. La idea fue fulminante como un relámpago y se dio cuenta de que estaba sonrojándose. Había estado sonrojándose todo el fin de semana, y no lo podía evitar. Era como un círculo vicioso. Se sonrojaba ante las escenas que estaba imaginando, y segura de que Miguel podía ver sus fantasías, se sonrojaba aún más. Se sentía como una ridícula colegiala, y prometió controlarse.

—Nunca se me olvida nada, amiga —dijo él, deslizando su pequeña mochila de los hombros, dejándola caer sobre la arena. Lentamente abrió la cremallera del compartimiento principal, y sacó una pequeña bolsa. De la bolsa sacó un traje de baño de hombre, y un sedoso traje de baño negro para Gina.

—¡Los compré en La Cueva de Teach! Espero haber acertado tu talla... —dijo, entregándole el traje de baño a Gina.

Gina estaba conmovida ante semejante consideración, y agachándose, lo abrazó por los hombros.

—Por supuesto sabes que eres el hombre más considerado que ha caminado sobre la faz de la tierra, ¿verdad? —dijo ella sinceramente.

—Pero, ¡por supuesto! —rió él, sacando una pequeña toalla de la mochila y girando para darle la espalda, extendió la toalla entre sus brazos abiertos por sobre su cabeza—. ¡Tú vas primero! —ordenó.

Gina se desvistió rápidamente, casi anhelando que él se volviera para sorprenderla. Al quitarse su short y pantaleta, y colocarlos sobre su blusa y sostén que había dejado sobre la arena, sintió una descarga fantástica de calor pulsando por todo su cuerpo por la mera idea de estar desnuda atrás de este hombre tan increíblemente sensual. Alejando el pensamiento de la mente, rápidamente se puso el suave traje de baño, suprimiendo una risita al notar que sus senos habían reaccionado ante su pensamiento sensual. Para evitar que Miguel se fijara en sus pezones duros, que se notaban a través de la delgada tela del traje de baño sin forro, se dio la vuelta, y corrió hacia las olas.

Miguel no sólo se había fijado, él también habiá fracasado en ocultar su reacción mientras se ponía rápidamente el traje de baño. Al seguirla al agua, estuvo agradecido de que ella no se hubiese dado vuelta para verlo, y esperó que el agua fría lo calmara.

Zambulliéndose en una ola, salió a la superficie directamente atrás de Gina, quien estaba apenas metiéndose al agua.

—Ah, ¡no! —exclamó—. Cuando dije que íbamos a nadar, ¡quería decir que nos *MOJÁRAMOS!* —agregó, abrazándola por la cintura para llevarla con él al agua.

—¡Oye! —gritó ella, serpenteando por entre sus brazos para voltearse. De frente ante él, sus rodillas ahora tocando los muslos de él que estaba sentado sobre el fondo arenoso, lo abrazó por el cuello y lo empujó al agua, juguetona.

Con la cabeza contra el fondo arenoso, él la abrazó por la cintura. Al estirar ella las piernas, sus cuerpos quedaron apretados el uno contra el otro en toda su extensión, bajo la suave oleada que los mecía desde la superficie. Conteniendo el aire, Miguel se dio cuenta de que su reacción anterior ante la desnudez de ella era aún mayor ahora, y pudo sentir su dureza presionando entre los muslos de ella, al mismo tiempo que los pezones duros de ella frotaban su pecho desnudo a través del delgado traje de baño.

Repentinamente notó que ella estaba luchando. Avergonzado, la soltó, y salió a la superficie para encontrarla tosiendo y escupiendo agua, pero para su mayor alivio, ella se reía al mismo tiempo.

—¡Perdón! —dijo, poniendo sus manos sobre los hombros de ella. Su largo cabello obscuro estaba tapándole la cara, y él lo apartó de su cara con la mano, agachándose para mirarla directamente a la cara—. ¿Estás bien?

—¡Sí! —dijo ella, respirando con normalidad, pero riéndose—. ¡Es que me faltó aire!

De repente, ella dejó de reírse y lo miró profundamente a los ojos. *¡Ya no soporto esto!* pensó ella. *Y ¿por qué tengo que soportarlo? ¡Como si hubiera alguien viéndonos!* Llevada por su deseo de estar entre los brazos de él, lentamente sacudiendo las manos de Miguel de sus hombros, lo abrazó por el cuello y levantó la mano izquierda, para atraer la cabeza de él. Mirando profundamente a sus ojos color del cielo—exageradamente abiertos por su asombro—encontró sus labios con los suyos, al principio rozando ligeramente sus labios contra el labio inferior de él, para luego recorrer toda su boca para explorar el calor de los besos que había extrañado durante tantos años. Sintió que la abrazaba por la cintura, y abrió los ojos por un instante para ver que Miguel había cerrado suavemente los suyos. Al cerrar los ojos de nuevo, ella sintió que la suave lengua de Miguel tocaba su boca, y abrió un poco los labios, aceptando su exploración como promesa de un despertar apasionado.

Con sus cuerpos estrechados fuertemente y separados sólo por la tenue tela de sus trajes de baño, ella sentiá sus ardientes senos y pezones endurecidos al tiempo que la dureza de Miguel presionaba contra su ingle. Como si todo su cuerpo se fusionara con el de él, Gina recordó las palabras anteriores de Miguel, agregando su propia terminación: *La primera vez podría ser tan especial, Miguel, ¡contigo!* pensó ella, y de repente se dio cuenta de que esa primera vez podía realmente estar a punto de suceder. *¡Pero no puedo!* Reflexionó, y lentamente se apartó de él.

Durante un largo momento, ella trató de pensar en qué decir. Cada molécula de su cuerpo lo deseaba. Lo deseaba aquí y ahora. Sabía que él también la deseaba. Pero ella tenía que regresar a casa, y se iba a casar. Con otro. No sería justo darle esperanzas nada más por su curiosidad sensual. Tenían que volver a separarse. Y no sería justo para Alfredo, tampoco, que después ella jamás pudiera gozar de una relación física con él. Ella sabía que sería maravilloso con Miguel. De eso no le quedaba ni la más mínima duda. Con Alfredo, podía ser terrible, o podía ser excelente, pero no sería justo tener que ser comparado con Miguel durante toda su vida de casados.

La expresión de Miguel gemía de dolor y esperanza. ¿Qué podía decir ella?

Inclinándose para besarlo ligeramente en la mejilla, ella optó por hacer una broma.

—Ahora estamos a mano... —dijo—. Ya no tienes por qué sentirte mal por haberme besado anoche —agregó, forzando una sonrisa.

Miguel sintió como si se le hubiera derrumbado el mundo entero. Las palabras de ella decían una cosa, pero su beso y su cuerpo habían dicho otra. ¿Cuál de los dos mensajes debía creer?

Él ya no sabía cómo reaccionar a sus emociones desde la llegada de Gina la noche anterior. Ella le enviaba mensajes de doble sentido. Por un lado, era como si jamás hubieran estado separados. Pero de repente era como una extraña.

Y bien. Se dijo. *Si no fuera una mujer complicada, ¡hasta su recuerdo me habría aburrido hace años!*

Tomándola por la mano, la llevó de nuevo al agua. Les haría bien nadar unas brazadas antes de vestirse para regresar al barco.

Unos minutos más tarde, se pusieron los pantalones encima de los trajes de baño húmedos, y caminaron en silencio de regreso al muelle, para volver en el barco a la Isla de Ocracoke, a sus habitaciones separadas, y unas cuantas horas de sueño; para terminar el fin de semana la siguiente tarde después del largo camino de regreso a New Bern. Miguel se deprimió sólo al pensarlo, y caminó silenciosamente al lado de Gina.

Al llegar al muelle, todavía parados sobre la playa, él se detuvo, tomando la mano de Gina entre las suyas.

—Gina —empezó, buscando palabras para expresar sus sentimientos aunque algo le deciá que debiá callarse—, lo más probable es que no volvamos a estar solos antes de que salgas mañana para Washington, y hay algo que tengo que decirte.

—¿Sí? —dijo ella, sin poder ocultar la esperanza en la voz.

—Yo sé que nada de lo que ha pasado o podría suceder aquí cambiará nada. Yo sé que tienes tu vida arreglada y decidida, y te lo respeto. ¡Te respeto a TI! —dijo, armándose del valor necesario para pronunciar las palabras que jamás pensó que podría decir a alguna mujer en su vida—. Pero no sería justo de mi parte no ser sincero contigo, Gina.

—¿Y no lo has sido? —preguntó ella, sin entender qué podría estar ocultando. Ella sentía que lo que sucedía entre ellos era bastante obvio; por lo menos, para ella lo era.

Levantando el brazo suavemente como gesto para acallarla, su mirada hacia el suelo, él continuó:

—Por favor, Gina, no me interrumpas, o jamás podré decirlo. Mira... Yo sé que es ridículo de mi parte pensar que pueda existir esperanza alguna para nosotros, Gina. Sin embargo, me pregunto una y otra vez que si sabes lo que estás haciendo. Es que tus palabras dicen una cosa, pero tu cuerpo y tu alma parecen estar luchando en contra de tus palabras. ¿Tienes idea de lo permanente que es el matrimonio? —exclamó, inmediatamente arrepentido de haberlo dicho. Los ojos de Gina reflejaban su furia de nuevo.

—¡Por supuesto que lo sé! ¿Por qué crees que me alejé de ti hace unos momentos? ¿O crees que soy de palo?

Sonriéndole irónicamente, Miguel se encogió de hombros.

—Que yo sepa, tú lo empezaste esta vez, ¿o no? Me parece recordar que yo me estaba portando bastante bien, ¿o no? —notando una expresión de pena mezcla con tristeza en la cara de ella, él suavizó la voz—. Además, no lo dije en el contexto que lo entendiste tú. Lo que quiero decir es que todavía hay algo entre nosotros. Lo puedo palpar. Es lo único que puedo sentir —y he sentido— desde el momento en que te volví a ver. ¡Me está acabando! Y sé que no puedo hacer nada para remediar las cosas. Tú te vas a casar y yo no tengo ningún derecho a resucitar viejos sentimientos del pasado.

—Yo soy tan culpable como tú, Miguel —dijo ella en voz baja.

—No, no lo eres. Yo acepto la responsabilidad. He estado deseándote en mi mente desde los quince años de edad —admitió finalmente, sintiéndose liberado después de decir esas palabras—. No puedo decir que no hayan existido otras mujeres. Las ha habido, pero ninguna de las mujeres que he conocido puede llegarle ni a los talones a tu recuerdo —cerrando los ojos, él, por fin, logró decir las palabras que había deseado decir durante tanto tiempo—. Todavía te amo, Gina. Siempre te he amado, y siempre te amaré. Y reconozco que probablemente sigo enamorado de un recuerdo. Apenas nos conocemos ahora. Pero daría lo que fuera por poder explorar nuestros sentimientos y saber si podríamos hacer una vida juntos.

Abriendo los ojos, levantó la cabeza, y estudió detenidamente la cara de Gina, tratando de descifrar su expresión. No tenía ninguna.

Ella empezó a hablar, pero él la acalló, colocando un dedo sobre la boca de ella.

—No tienes que decir nada, amiga. Yo comprendo. De verdad, comprendo.

Tomando la mano de ella, caminaron en silencio hacia el barco que los esperaba.

Capítulo Cinco

Mientras Gina empacaba sus cosas, Mickey estaba recostada sobre su cama, discutiendo con Laura Campos.

—Mamá —dijo firmemente—, si estoy dejando aquí a Margarita, es sólo porque temo lo que pueda hacer si no la dejo. Quiero que tenga un poco de libertad, ¡no libertinaje! Libertad para explorar sus sentimientos por este muchacho, no es licencia para abusar el privilegio que se le está brindando. Y sin contar con José Antonio como chaperón, simplemente siento que te va a ser difícil vigilarla.

Laura Campos sonrió suavemente, sus ojos brillando con sabiduría.

—Tranquilízate, hijita —consoló a su hija—, la decisión ya se tomó, y Margarita estará perfectamente bien. Recuerda que yo te crié tanto a ti como a Miguel, y creo que hice una labor bastante buena, aunque yo misma tenga que decirlo. Y en cuanto a montar guardia sobre la pobre chiquilla, no creo que sea necesario. En primer lugar, si no le hemos inculcado lo que es el comportamiento correcto ni la moralidad en dieciséis años, entonces es bastante tarde para empezar a enseñarle. Tenemos que tener confianza en ella.

—Sí, le tengo confianza, mamá, de verdad. Pero es nada más que...

—Comprendo, hijita. Es que tienes miedo que ella cometa los mismos errores que tú o yo cometimos, o que comete Gina. *Pero nadie aprende en carne ajena,* hijita. Todos tenemos que aprender de nuestros propios errores, y nadie lo puede hacer por nosotros. Ha llegado la hora de soltarla un poco, y confiar en que tome las mejores decisiones para su propia vida.

Gina se había fijado rápidamente en las palabras "que Gina comete" que había dicho la madre de su amiga, y las miró de repente al cerrar la cremallera de su mochila. Las lágrimas le brotaban de los ojos, le urgía hablar con alguien sobre su dilema.

—Señora, ¿cree usted que estoy cometiendo un error? Usted dijo: "o que comete Gina" —sin poder contener las lágrimas, se quebrantó en llanto.

Laura inmediatamente se levantó de su silla en el lado opuesto del cuarto, y se acercó a Gina para abrazarla. Al quebrantarse la muchacha, sollozando sobre el hombro de la anciana, Laura levantó las cejas en son de pregunta en dirección de su hija.

Mickey levantó las cejas en respuesta a la pregunta silenciosa de su madre, y decidió que era hora de ventilar a lo que ella había estado observando durante los últimos días.

—Me imagino que Gina está confundida respecto a Miguel, mamá. Han estado al rojo vivo desde el momento en que se volvieron a ver, y durante todo el fin de semana se han portado como los viejos amantes que fueron en su adolescencia.

—¡N-nunca fuimos amantes! —dijo Gina en franca defensa de su conservada virtud.

—¡Como sea! —Mickey dijo—. Bueno, pues se fueron a una isla abandonada ayer por la tarde, y la tensión entre ellos ha sido tan espesa desde su regreso, que podrías cortarla con un cuchillo. Apenas se han dicho tres palabras el uno al otro durante todo el camino de regreso. ¡Y yo juraría que Miguel estaba casi llorando cuando se despidió de ella hace unos momentos!

Laura soltó a Gina de su abrazo, y la sostuvo firmemente por los hombros.

—¿Qué pasa, niña?

Desplomándose sobre la cama, Gina se abrazó las piernas, descansando su mentón sobre las rodillas. Sintiendo alivio después de llorar, miró a su amiga, y extendió la mano para tomar la mano de Laura.

—Bueno, pues ahí les cuento —anunció finalmente, tomando la mano de Laura para que se sentara al lado de ella. Laura se sentó suavemente sobre la cama, y espero que Gina continuara.

—Tienes razón, Mickey —empezó, aceptando con agradecimiento el pañuelo que Laura le había tendido para limpiarse los ojos, ya hinchados por el llanto—. Las cosas son muy tensas, pero no porque nos peleáramos ni nada por el estilo, sino todo lo contrario. ¡Todavía estoy tan enamorada de él que no puedo soportarlo! Y estoy a punto de casarme con un muy buen hombre que me quiere —mucho—por quien siento muchas cosas, pero nunca pasión. Desde que besé a Miguel en aquella isla, no puedo ni imaginarme el tener que hacer el amor con Alfredo dentro de tres meses, pero no puedo DEJAR de pensar en hacer el amor con Miguel.

Sin notar el intercambio de miradas extrañadas entre Laura y Mickey, levantó la cabeza, mirando a una y después a la otra.

—¿Qué me sucede? —imploró—. ¿Por qué no puedo simplemente olvidarme de Miguel y seguir adelante con mi vida? No es una mala vida la mía...

Le fue imposible a Mickey ocultar la sonrisa que se formaba en sus labios.

—A quién tratas de convencer de eso, ¿a nosotras o a ti misma? —dijo, suprimiendo una risita—. Y no sólo eso, pero me quieres decir que durante un noviazgo de un año, tú y Alfredo ¿nunca... han... hecho... el amor? ¿NUNCA? —notando la absoluta seriedad en la expresión de su amiga, Mickey se puso boca arriba sobre la cama—. No contestes. ¡Es obvio!

Mirando al techo, Mickey abrió los brazos ante el universo.

—¡No lo creo! ¡Estamos en la presencia de una especie extinta! ¡Una virgen de veintiocho años!

—¡Espero que hayas gozado eso! —bramó Gina—. Pero recuerda nada más que yo no soy la que he estado callejeando por el mundo. Nada ha cambiado en Guanajuato, amiga. ¡Las chicas todavía son vírgenes cuando se casan! —exclamó, indignada por la burla de su amiga.

—¡Órale! —dijo Mickey sarcásticamente—. Yo también fui virgen de Guanajuato hasta la noche de bodas, ¡y eso que tenía veinte años! Vale decir, todo MENOS... —se rió—. Créeme, ¡he sido menos abierta con algunos amantes que con los novios que tuve en Guanajuato! —dijo, riéndose, hasta notar la expresión escandalizada de su madre. Mirándola fijamente, continuó—. Y ni pongas cara de escandalizada, mamá. ¡Te apuesto que las cosas no eran tan distintas en tus tiempos!

—¡Mickey! —exclamó Laura horrorizada—. Podrías mostrar un poco de respeto a tu madre, si no para tu mejor amiga. Yo quiero que sepas que... pues de verdad, ni me dignaré en contestar semejante comentario.

Inclinándose hacia Gina, besó la frente de la joven.

—Gina, hijita... no hagas caso a lo que dice Mickey. Ella está... pues ya sabes como es. ¡Me ha desesperado con sus ocurrencias durante muchos años! Pero tú, querida, me preocupas. ¿Por qué estás tan decidida a regresar para casarte con un hombre por el cual no sientes ninguna pasión?

—Porque... pues tengo que. Tenemos un año de novios, su familia y mi familia son buenos amigos, todos están esperando la boda, se han hecho los anuncios, y...

—¿Y crees que no tienes opciones en la vida? —Mickey interrumpió, su voz llena de preocupación. Gina, ¡es una locura! ¿Sientes amor de algún modo por este hombre? ¿Lo amas?

—¡Por supuesto que lo amo! —Gina insistió—. Es un buen hombre. Es amable, cariñoso, comprensivo, gana bien, y me ama.

—Igual que tu padre. ¿Pero realmente quisieras pasar el resto de tu vida con un padre? Sin pasión, ¿pero segura de su amor? —Mickey insistió, sabiendo que estaba tocando el amor propio de su amiga, pero decidida a hacerla reaccionar.

Gina se quedó callada, descansando la cabeza sobre sus brazos cruzados.

Laura habló lentamente.

—Gina, todavía falta una semana antes de la conferencia. ¿Por qué no te quedas aquí para explorar estos sentimiento entre Miguel y tú? Podría salvarte de cometer un gran error irreversible, o afirmar tu decisión de casarte con Alfredo. De cualquier modo, creo que estarás mejor que ahora. ¡Dios mío! Fuiste la abogada más convincente de Margarita, deseando que se le permitiera explorar sus sentimientos. ¿No puedes permitirte lo mismo?

Al deslizarse del asiento trasero de la Honda, Gina se detuvo para abrazar a Mickey, una vez más.

—Gracias, amiga —dijo, sintiéndose a punto de llorar nuevamente—. Todavía no me imagino cómo va a salir todo esto, pero no importa. Gracias por hacerme ver que merezco esta oportunidad. —respirando hondo, se acercó más a la portezuela—. Ahora, vamos a ver la reacción de Miguel al ver que me quedo. Mickey... Mauricio —dijo con un tono nervioso— ¿y si él no quiere nada conmigo?, ¿y si estaba siendo amable con una vieja novia?

Mickey no pudo contenerse, y se rió a pesar de la expresión solemne en la cara de su marido.

—¡Vamos, anímate! —apuró a su amiga—. Y confía en lo que te digo. ¡Va a estar encantado!

Moviendo la mano para empujar a su amiga del coche, le recordó:

—Y prometiste llamarnos mañana por la noche, así que no olvides hacerlo... quiero que me cuentes todo. —Mickey agregó mientras Gina cerraba la puerta del coche tras ella.

Al alejarse Mickey y Mauricio de prisa, Gina se encontró delante de la puerta principal de La Cantina de Miguel, temblando como hoja al viento. Estaba aterrada de haber malentendido o fantaseado las palabras de Miguel, y muerta de miedo de que él la rechazara.

Armándose de todo el coraje que pudo, finalmente caminó a la puerta, que fue abierta por nada menos que Ricardo.

—Buenas tardes, —dijo amablemente, agradecida de que él estuviera ahí para abrir la puerta, porque ella probablemente no habría podido hacerlo con sus nervios.

—Buenas tardes, señorita Gina —dijo él—, y... gracias por todo —agregó, con una gran sonrisa.

Ella se limitó a responder con una sonrisa cálida, comprendiendo muy bien que el muchacho le agradecía haber abogado para que Margarita se quedara con su abuela. Gina esperaba no tener que arrepentirse algún día.

Al entrar al restaurante, no vio a Miguel, y el pánico empezó a apoderarse de ella. Justo cuanto estaba a punto a dar media vuelta para irse, Miguel salió de su oficina. La puerta principal estaba abierta; vislumbró sólo un perfil a contraluz, con la figura inconfundible del cuerpo de Gina, pero no podiá confiar en sus propios ojos.

La miró detenidamente, acostumbrando sus ojos

a la luz. Al ver que realmente era Gina, caminó hacia ella con los brazos abiertos.

Cuando estuvo casi a su alcance, ella se adelantó, y dejó envolver entre los brazos de él. Por primera vez desde su decisión de quedarse en New Bern durante la semana antes de la conferencia, se sintió segura... segura al saber que había tomado la decisión correcta.

—¿Mauricio y Mickey? —Miguel preguntó titubeante.

—Se fueron.

—¿Quiere decir que te vas a quedar? —preguntó suavemente.

—Sí —dijo, las lágrimas a punto de brotar de sus ojos—. Vale la pena.

Miguel estaba asombrado. Jamás había esperado que ella realmente se quedara. Él habiá hablado con absoluta sinceridad en la isla fantasma, y su silencio durante la noche y durante el viaje de regreso había sido en parte por la vergüenza que sentía, en parte por haberse sentido rechazado, y en parte por la enorme tristeza que había sentido al ver que la única relación verdaderamente importante en su vida iba a terminar como todas las demás... en el fracaso.

Todavía abrazándola, pareció orar en agradecimiento, deseando poder pasar la prueba.

—Espero no desilusionarte —dijo, empezando a darse cuenta de todo lo que implicaba la permanencia de Gina.

—No lo harás. Yo sé que no lo harás —dijo ella, para luego sonreír—, pero no estoy tan segura de no desilusionarte yo a ti. Pero creo que necesitas alimentarme. Estuve tan ocupada llorando todo el día antes de tomar la decisión de quedarme, que no he comido nada, desde el panecillo que compartimos en el desayuno.

—Entonces, ¡vamos a alimentarte! —Miguel se

rió, dándose cuenta de que tampoco había comido en todo el día—. Ahora que lo mencionas, también me muero de hambre. De hecho —dijo, tomando el brazo de Gina,— tengo ganas de algo diferente.

Sin esperar la respuesta de Gina, la arrastró hacia la puerta, llamando a sus empleados:

—Si me necesitan para algo importante, estaré cenando en el Chelsea —dijo mientras Ricardo abría la puerta para la pareja.

—Vamos, Georgina —Laura Campos apremiaba a su invitada—, no me has dicho como siguen las cosas entre tú y mi sobrino. ¡He estado muerta de nervios durante dos días! Lo último que sé es que él estaba feliz porque te quedaste, cenaron de lo más románticos el domingo por la noche, y apenas te he visto desde entonces —agregó, quitándose los lentes y colocando la sección de periódico que había estado leyendo sobre la mesa del comedor.

Era miércoles, y Gina había llegado tarde la noche del martes, silenciosamente llegando a su cuarto para acostarse de inmediato. Se había cambiado del cuarto de Margarita a la vieja recámara de Mickey el domingo, para que las dos tuvieran más privacidad. Había descubierto que el cuarto, decorado en diferentes tonos de azul, era sereno y conducente a la meditación y reflexión que tanto necesitaba durante esta semana de importantes decisiones.

Sirviéndose una taza de café, sonrió agradecida por tener a alguien como Laura Campos con quien hablar. La mujer mayor era cariñosa, sabia y había vivido en los Estados Unidos suficientes años como para comprender muchas cosas que todavía eran todo enigmas para Gina.

—Bueno —dijo al tomar su lugar delante de Laura en la mesa—, creo que van bien las cosas... de verdad, muy bien.

Tomando un largo sorbo del líquido caliente, se acomodó en su silla.

—Pero me agrada tener la opportunidad de conversar con usted, señora Laura. Hay cosas que realmente no comprendo, pero me sentiría como una idiota de preguntarle a Miguel.

—A ver cuáles son. —Laura se rió—. Aunque no te garantice poder ayudarte, con gusto trataré.

—Se lo agradezco, porque no sé como reaccionar ante ciertas cosas con Miguel —notando la repentina expresión de preocupación en la cara de Laura, apresuradamente explicó—. No se preocupe... no es nada malo ni nada que lo parezca. Es que... pues él ha vivido aquí muchos años, y tiene muchas costumbres o hábitos, o como quiera llamárseles, que me confunden.

Inclinándose hacia adelante, extendió la mano derecha en dirección de Laura.

—Como esto, —exclamó.

Laura se inclinó hacia adelante, y vio en el dedo de Gina el delicado anillo de oro, con un rubí de buen tamaño en una montadura estilo Tiffany, rodeado por dos pequeños diamantes a cada lado. Echando un vistazo a la otra mano de la mujer, notó que todavía portaba el anillo de compromiso de Alfredo.

—Hmmm..., —Laura dijo—. Es hermoso. ¿Miguel?

—Exactamente —Gina contestó a la expresión de Laura tanto como a la de su propia cara—. No sé qué es lo que significa.

—¿Qué dijo Miguel que significaba?

—Eso es lo extraño. Anoche, después de cenar, sacó una cajita, y la puso sobre la mesa. Dijo que había algo que buscaba dueño. Cuando la abrí, encontré este anillo. Empecé a empujar la caja hacia él, explicando que no sería correcto de mi parte aceptarlo porque todavía estoy comprometida con Alfredo... aunque sea sólo técnicamente.

—¿Y luego que hizo? —Laura había reconocido al anillo al verlo. Había pertenecido a su difunta hermana gemela. Comprendía la importancia que tenía para Miguel regalárselo a Gina, pero si Miguel no había explicado el significado ni su historia, Laura no estaba segura de si ella debía hacerlo.

—Dijo que no era un anillo de compromiso, y lo colocó en mi mano derecha. Dijo que ese era el lugar donde debía de estar, y que yo lo cuidaría como merecía, sin importar cómo acabáramos él y yo —exclamó—. Y eso es lo que más me confunde. En México, este anillo tendría un significado muy especial. ¿Es que los hombres de Estados Unidos regalan anillos hermosos que no significan nada? No comprendo.

—Bueno —empezó Laura, acomodándose en su silla, tamborileando sus dientes inferiores con el armazón de sus anteojos—, creo, que yo en tu lugar aceptaría el anillo y el significado que él da a las cosas —viendo más confusión en la expresión de Gina, Laura trató de explicarse mejor—. Gina, las mujeres, a veces solemos dar demasiada importancia a las cosas que hacen los hombres. A veces, las cosas son exactamente lo que parecen, y exactamente lo que dicen los hombres.

—Entonces, ¿no significa nada? —preguntó Gina, su confusión convirtiéndose en tristeza.

—No, yo no dije eso. Miguel te dijo que ese anillo necesitaba una dueña, y que sabía que tú lo cuidarías. Eso te parece confuso, pero es lo que describimos en la familia como "miguelismo". Traducir "miguelismos" es una ardua tarea. A lo largo de los años he aprendido que la mayoría de los "miguelismos" son simplemente lo que él dice, si escuchas bien. Lo que te quiso decir es que el anillo es muy especial para él y... —titubeó, luego de decidir que no tendría nada de malo contarle a Gina la historia del anillo—. Y que a su madre le agradaría que tuvieras su anillo.

—¿Su madre? —los ojos de Gina se abrieron extensamente con asombro—. ¿Fue el anillo de su madre?

—Sí, querida. Fue el regalo de nuestro padre la noche que cumplimos quince años. El mío está en la planta alta, en mi alhajero. Verás que Mickey también tiene uno idéntico de cuando cumplió quince años, y Margarita tiene el suyo de sus quince años. Es tradición de la familia, y me parece muy especial que Miguel quiera que lo tengas tú. No me imagino a nadie más hermosa para usar el anillo de mi hermana, que en paz descanse —concluyó, con una cálida sonrisa en dirección de Gina.

—¡Dios mío! No tenía idea.

—No te asustes —dijo Laura—. Miguel probablemente no te contó la historia del anillo precisamente para que lo aceptaras sin sentirte obligada a usarlo. De verdad debe de haber deseado muchísimo que tuvieras el anillo, y yo en tu lugar, no le daría más que esa importancia. Ahora que sabemos el misterio del anillo, ¿hay algo más que no comprendes? Me parece haber acertado bastante bien el día de hoy. —Se rió de buen corazón.

—Hay algo más... —dijo Gina, aprovechando la oportunidad para preguntar sobre algo que la había estado molestando desde la noche del domingo.

—Señora, el domingo por la noche en el Chelsea, donde cenamos, alguien que dijo ser la novia de Miguel hizo bastante escándalo.

—¿Mencionó la mujer su nombre?

—Creo que era Julia. Alta, bustona, guapa, malintencionada...

Pero la risa de Laura interrumpió sus palabras.

—¡Y una grandísima cabrona! —dijo entre ataques de risa—. Perdón, que yo normalmente no uso tales expresiones pero es lo único que la describe bien. No le hagas caso a lo que diga, porque su naturaleza es ser maldita.

—Entonces, ¿para qué saldría Miguel con ella?

—Por miles de razones. Quizás porque los dos son miembros del mismo club. Quizás, recientemente divorciada, se empeñó en lucir a un novio latino delante del ex-marido anglo, y Miguel estaba disponible. Quizás por otras cien razones, pero jamás salió exclusivamente con ella. Sólo varias veces, por lo que tengo entendido. Era simplemente una de las tantas mujeres con quienes salía.

—Entonces, es cierto —dijo Gina con un tono de desesperación—. ¿De verdad es mujeriego y canalla? —aunque hubiera dicho las palabras con tono decisivo, la frase de repente se convirtió en pregunta.

Laura miró a Gina con una expresión comprensiva. Recordando a su propio marido antes de su divorcio, se sacudió con un escalofrío. ¿Cómo explicar a esta joven que había una diferencia entre un soltero que salía libremente con varias mujeres, y un mujeriego que destruía el corazón de su esposa? Respirando hondo, decidió que tenía que intentarlo.

—Hijita, no creo que un hombre soltero, por definición, pueda ser un mujeriego. Quizás algo "playboy", si te gusta el término, o lo que es peor, ¿promiscuo? Pero, ¿un mujeriego? No. Ni lo pienses.

—¿Pero cómo puede salir con tres mujeres a la vez?

—"Salir", no significa que tenga relaciones íntimas con dos o tres mujeres a la vez, ¿verdad? —viendo que Gina estaba meneando la cabeza, Laura pensó, satisfecha, que había dado una buena explicación—. Además, Gina, si quisiera estar con dos o tres otras mujeres, no estaría contigo casi dieciocho horas al día, ¿o no?

—Supongo que no —respondió Gina. Laura la había tranquilizado, y ahora se sentía ridícula por preocuparse por otras relaciones que pudiera tener Miguel. Después de todo, ¿quién era ella para criticarlo?

—Si esas dos cosas son las únicas que te preocupan, yo diría que no tienes problemas. ¿Has pensado en lo que vas a hacer? ¿Has tomado decisiones? —no quería forzar a Gina, pero se moría de curiosidad.

—En realidad, sí, señora Laura. Es una decisión enorme y le agradecería que quedara entre usted y yo, ¿de acuerdo?

—Por supuesto —Laura le aseguró a Gina.

—He decidido que independientemente de como salgan las cosas con Miguel, no puedo casarme con Alfredo. Estos días con Miguel me han hecho ver que simplemente no estoy enamorada de Alfredo, y no sería justo ni para él ni para mí que nos casáramos.

—¿Ya le dijiste a Alfredo? —preguntó Laura.

—No. No tengo idea de cómo decirle, pero tiene que ser en persona. De otra forma sería inaceptable, ¿no cree? —parecía casi mareada de felicidad, probablemente por sentirse aliviada al haber podido compartir su decisión con alguien.

—¿Y Miguel? ¿Se lo has dicho? —preguntó Laura preocupándose. Si Gina había tomado esta decisión pensando que todo saldría bien con Miguel, sin decirle nada a él, podría estar a punto de recibir una desilusión devastadora.

—No, porque no tiene nada que ver con Miguel —la respuesta de Gina fue sencilla y segura—. Al contrario. No quiero decirle, y le agradecería a usted que no se lo mencionara tampoco, porque no quiero que él se sienta presionado de ninguna manera. Las cosas o saldrán espontáneamente o no saldrán. Pero pase lo que pase, si son tan grandes mis sentimientos por Miguel eso indica que casarme con Alfredo sería un gran error —comiendo un pedacito de pan dulce, ella observó la cara de Laura mientras masticaba y tragaba—. ¿No le parece?

—Esa es una decisión que sólo tú puedes tomar, hijita. Pero sí creo que tiene mérito lo que piensas, sí —sonriendo, continuó—: ¿Y qué planes tienen para hoy? —preguntó—. Si no tienes planes con Miguel, yo esta tarde voy al club a jugar a la canasta. Me encantaría que fueras conmigo, si te gusta.

—Gracias, pero tenemos planes —contestó—. Vamos a salir en su lancha esta tarde, para pescar —dijo alegremente.

—¿En el mar?

—No. ¡No después de mis mareos el otro día! —se rió Gina—. Nada más en el río, pero él dice que hay buena pesca y luego prepararemos a bordo lo que pesquemos.

—¡Miguel! —Gina gritó al sentir que se estiraba el hilo de su caña—. ¡Pesqué algo! ¿Y ahora qué hago?

—Nada más recobra la línea tal como te enseñé. —Miguel gritó desde la cabina inferior, donde estaba abriendo unas Coronas heladas que acababa de sacar del refrigerador, tras revisar el mostrador y comprobar que no faltaba ninguno de los ingredientes para la cena de mariscos que había planeado. Satisfecho, giró para mirar el resto de la cabina, y sonrió.

Excelente trabajo, ¡Miguel! se felicitó a sí mismo. El pequeño comedor estaba adornado con un mantel blanco de lino, sus mejores copas para agua y vino, cubiertos de plata, vajilla de Limoges, flores y velas. Había una botella de Dom Perignon helándose en el refrigerador y había fresas frescas para el postre, así como una buena botella de Poully Fuissé para tomar con la cena.

El baño estaba provisto de toallas blancas fresquecitas, champús, geles para la ducha, cepillos de dientes, y hasta una secadora de cabello para Gina. El pequeño camarote al fondo de la cabina tenía la cama tendida con sábanas blancas de satín y almohadas extras rellenas de pluma de ganso, y en un gancho colgado de la puerta de la recámara había dos batas idénticas de tela blanca de toalla. Había comprado un camisón blanco de satín para Gina, y un piyama corto para él, por si a ella le avergonzaba la idea de dormir desnuda.

Al subir las escaleras a la cubierta principal con las Coronas en la mano, cada una con su respectiva rebanada de limón fresco, tuvo plena confianza de que hoy sería la noche. Las señales de Gina habían sido claras toda la semana. Él jamás se habría atrevido a preparar todo para aquel momento de no estar seguro.

La providencia los había obligado a posponer el viaje de pesca hasta el miércoles, pese a la gran desilusión de Gina. El motor simplemente no arrancó, y Miguel pensó que no valía la pena llenarse de grasa para reparar el motor, así que había optado por dejarlo a cargo de su mecánico.

El viernes por la mañana la lancha estaba lista, y a pesar de que no debería haber abandonado La Cantina de Miguel después de haber tomado el fin de semana anterior para ir a las islas costeñas, se habia propuesto regalarle a Gina su viaje de pesca. Había pasado horas enteras haciendo los preparativos sin permitir a Gina bajar todavía. Ahora tenía ansias de ver la reacción de ella cuando bajara a la cabina. Así podría Miguel comprobar si había interpretado correctamente las señales que había estado recibiendo de ella.

Al llegar a la cubierta de pesca, se quedó asombrado al ver a un gran bagre todavía enganchado que daba saltos por el piso pulido. La línea de Gina se había enredado por los esfuerzos desesperados del pez para tratar de regresar al río. Gina estaba sentada en una silla, mirando al pez, brincando al mismo tiempo.

—¡Felicidades! —dijo, entregándole una cerveza helada—. Ese, amor mío, ¡es uno de los bagres más lindos que he visto en este río!

Poniéndose de cuclillas delante del pez, con pericia desenganchó la línea de su boca, para luego colocarlo en una hielera. Desenredó la línea de Gina y volvió a colocarle cuidadosamente una lombriz en el gancho; la arrojó de nuevo al río, entregándole la caña a ella. Miguel se dio cuenta de que Gina todavía estaba mirando al lugar donde momentos antes había estado el pez.

—¿Cómo pudiste hacer eso? —era tanto exclamación como pregunta—. Ese pobre estaba vivo, ¡y lo colocaste sobre el hielo! —regañó a Miguel, su mirada inexpresiva convirtiéndose en horror.

Miguel sintió repentina ternura por Gina, y se inclinó para besarla en la frente.

—Y, ¿qué habrías sugerido que hiciera? —preguntó, riéndose.

Enderezándose en su silla, ella meneó la cabeza.

—Perdón —dijo, recobrando su compostura y sonrisa—, soy una ridícula. Lo que pasa es que tuve casi tiempo de conocerlo —rió, tomando un largo sorbo de su Corona, y chupando luego el limón—: ¿Por qué tardaste tanto allá abajo?

—Es una sorpresa. ¡Ya verás! —respondió él, ansioso de ver la reacción de ella.

Después de tomar otro largo sorbo de cerveza, ella se paró, alisando las arrugas de su short de caqui con las manos.

—¡Creo que voy a tener que ir a ver. —dijo, poniendo los ojos en blanco—. ¿Al fondo y a la derecha? —preguntó.

—Mitad de camino al fondo, y a la izquierda. —contestó él—. Pero fue una buena deducción.

Mientras Gina bajaba las escaleras, Miguel enganchó la caña de ella y la suya en los aros a la popa de su yate de once metros de largo. Al hacerlo, se dio cuenta de que le temblaban un poco las manos, y se rió de sí mismo. *¡No es como si fuera la primera vez para ninguno de los dos!*

Respirando hondo para luego exhalar lentamente, miró hacia el río, el pueblo de New Bern al fondo, a la distancia. A la derecha del pueblo estaba la vieja fábrica de papel, y más adelante había una serie de granjas, algunas de las cuales habían sido objeto de su desprecio a lo largo de su asociación con LULAC, un grupo hispano de vigilancia que había protestado muchas veces ante las prácticas de los propietarios.

Había dos personas en particular contra quienes habían protestado. Los dos eran conocidos por su afán de emplear a los inmigrantes ilegales, hacerlos trabajar durante seis u ocho semanas, para luego ellos mismos llamar al Servicio de Inmigración y Naturalización para denunciar que tenían sospechas de que algunos de sus trabajadores quizás fueran ilegales que habían entregado documentación falsa para conseguir el empleo. La "Migra" iría a investigar, para deportarlos. Estos rancheros poco éticos simplemente contratarían a otros braceros para volver a hacer lo mismo, sin pagar jamás a los trabajadores.

Miguel reconocía que él también era culpable de contratar a todo paisano que le mostrara papeles, aunque sospechara que pudieran ser falsificados. Pero la gente necesitaba el trabajo, y él necesitaba trabajadores. Miguel estaba orgulloso de pagar buenos sueldos, aun a nivel estadounidense, los impuestos de ley, sus contribuciones de Seguro Social, y hasta les proporcionaba seguro médico a los treinta días de ser contratados, que era mucho más de lo que hacía la mayoría de los patrones anglos. Para

Miguel, era una cuestión de orgullo y honor. Consideraba que los otros patrones eran ni más ni menos que tratantes de esclavos.

Viendo su reloj, de repente se dio cuenta de que Gina había tardado bastante. Se le ocurrieron varias posibilidades por la demora; ninguna de las cuales era muy positiva. Pensando que probablemente estaba furiosa, se dio cuenta de que era hora de mostrarse arrepentido por semejante ocurrencia. Lentamente meneando la cabeza, se levantó para ir en su busca.

Al volverse, la vio en la puerta. Disipando sus temores, notó que ella estaba sonriendo felizmente.

—¡Miguel! —dijo ella, atravesando la cubierta para abrazarlo por la cintura—. Todo allá abajo se ve tan hermoso. ¡Parece como de película! No mencionó el camarote. Y él había dejado la puerta entreabierta precisamente para que ella se asomara. Sin embargo, la expresión de alegría en la cara de ella le decía que se había fijado en cada detalle, y él se sintió feliz por su reacción.

—Todo lo mejor para ti, Gina —dijo en voz baja, inclinándose para besarla.

La pasión de él aumentó cuando ella respondió con la misma pasión con que lo había besado por lo menos una docena de veces por día desde el domingo. Esta vez no tenía que controlarse. Ella lo deseaba tanto como él la deseaba a ella, y por fin iba a suceder.

Con ternura, la levantó en sus brazos y, sin romper el beso, lentamente empezó a bajar las escaleras a la cabina. Cerrando la puerta de la cubierta tras ellos, la cargó al camarote; la luz de las dos portillas parcialmente encortinadas apenas iluminaba el lugar.

Tras colocarla suavemente sobre la cama, rompió su beso un segundo mientras empujó la puerta para cerrarla, dejando suficiente luz para ver el deseo en los ojos de ella.

Al posarse suavemente en la cama al lado de ella, ella se movió un poco para hacer un espacio para él. Él la miró directamente a los ojos, y ella extendió los brazos hacia él. Cuando él se le acercó, ella lo atrajo, apretando el pecho de él contra el suyo mientras cubría su boca en una respuesta apasionada al anterior beso de él. Al encontrarse sus labios con los suyos, empujó suavemente la punta de su lengua contra los labios entreabiertos de él, para luego lanzarla hacia adentro, para explorar cada nicho de su boca.

Volviéndose de lado, ella suavemente empujó a Miguel para que también quedara de costado. Y luego dejó caer su brazo izquierdo para abrazar su cintura, sin romper el beso. Estirando su cuerpo, ella se amoldó contra el cuerpo de él, de modo que podía sentir su bulto viril contra su ingle. Con un suave movimiento, empezó a ondular sus caderas, frotando rítmicamente contra su pasión pulsante.

Miguel la atrajo por las nalgas con ambas manos, apretándola más fuertemente contra él. La corriente de pasión que lo inundaba era tan fuerte que estaba seguro de que explotaría por sus caricias. Soltando la presión contra su cuerpo, suavemente deslizó su brazo derecho hacia la cintura de ella, tirando del elástico del cinturón del short caqui de Gina.

Suavemente apartando la mano de él, sin romper todavía su beso, Gina tiernamente separó su cuerpo y con la mano izquierda, desabrochó rápidamente el short de Miguel para luego bajar la cremallera. Deslizando la mano dentro de su ropa, encontró su miembro pulsante y lo rodeó con la mano. Primero lo frotó con ternura, y luego enardecida, lo apretó más fuertemente con movimientos más rápidos y más rítmicos hasta que él perdió el control, inmerso en su pasión por ella.

Sintiéndose avergonzado por reaccionar como un adolescente sin experiencia, la atrajo hacia sí de nuevo, resuelto a proporcionarle tanto placer como había recibido de ella. Cuando el deslizó su mano bajo el short de ella, Gina gimió, apartándose un poco.

—Está bien, tengo protección —dijo , encontrando el centro de su pasión para acariciarla tiernamente. Cuando él la tocó, el cuerpo entero de ella se sacudió en un orgasmo.

Gimiendo, ella se presionó contra la mano de él, mientras su cuerpo giraba de placer. Al quitarse él su short, y tirando del short de ella, ella de repente se dió vuelta, acostándose de espalda sobre la cama. Dio unos golpecitos al colchón al lado de ella.

—Ven acá —dijo ella.

Abriendo el cajón de la mesa de noche, Miguel tomó un condón empacado en papel de estaño, y obedeciéndola, se deslizó al lugar indicado por ella. Al abrir el paquete, ella colocó su mano sobre la mano de él, impidiendo que sacara el condón.

—No, Miguel. No lo abras.

—¿Sin protección? —preguntó él, con sus ojos abiertos plenamente por su asombro—. ¿Es que en México no usan protección?

—No sabría decirte, Miguel. Yo nunca, pues... nunca me he enterado —tartamudeó ella.

—¿Qué?, qué —dijo él, meneando la cabeza—. ¿Me estás diciendo que tú nunca has... —ella lo acalló con un dedo sobre la boca.

—Así es. Nunca. Ni cerca, excepto contigo.

Una serie de emociones corrieron por la mente de Miguel, que no comprendía del todo. La idea de que cualquier gente, hombre o mujer, fuera virgen después de los veinte años era un concepto desconocido para él. La manera en que ella le había dicho semejante noticia lo había hecho sentirse más halagado y amado que en ningún otro momento en su vida. Era como si ella lo hubiera esperado, y a él solamente, durante todos esos años. *Pero, ¿Alfredo?* se preguntó.

—Pero tienes un año de novia. Quieres decir que ni siquiera como ahora... —pero se detuvo antes de hacer alusión a lo que acababa de suceder entre ellos.

—Ni siquiera —dijo ella, y él supo que era la verdad.

—Hmmm... —dijo él, resuelto a relajar la tensión que ella obviamente sentía, mirando fijamente al techo sin poderlo mirar a los ojos—, y yo que he preparado todo para que pudiéramos pasar la noche juntos en el yate. Resulta que voy a tener que dormir bajo las estrellas —se rió, esperando tranquilizarla un poco.

Ella giró y lo miró. Había esperado todo menos esta comprensión y reacción ligera de Miguel. Al mismo tiempo, se sintió más segura y más feliz que con cualquier otra persona en su vida.

—No —dijo resueltamente, sonriendo y con una expresión traviesa que empezó a excitar a Miguel de nuevo—. No lo creo... ¿y perdernos de toda esa diversión que acabamos de disfrutar? Hmmm... para nada —agregó.

—Es decir, ¿que podemos todo menos... ? —preguntó él con un tono de esperanza en la voz, aunque estuviera algo confundido. Para su modo de pensar, lo que acababa de suceder entre ellos era tan íntimo como hacer el amor, y realmente no veía la diferencia. Sin embargo, la idea lo seducía y lo excitaba.

Ella asintió con la cabeza, su sonrisa pícara extendiéndose.

—Tendrás que enseñarme —dijo él, con exagerada inocencia, la idea de una virgen enseñándole a hacer el amor sin copular poniendo su imaginación a girar a nuevas alturas de lujuria fantasiosa.

Sonriendo como una gatita siamesa en celo, ella dobló y estiró su dedo índice, llamándolo a acercarse.

Miguel obedeció con agrado.

Capítulo Seis

Despertaron tarde, habiendo disfrutado de una noche llena de exploraciones de nuevas sensaciones sensuales limitadas sólo por la imaginación desenfrenada de Gina, y templadas sólo por su resolución de llegar al altar como virgen virtual.

El agotamiento de Miguel estaba mezclado con regocijo. Sin completar el acto sexual entre ellos, él había alcanzado niveles de placer sensual que jamás había vivido antes en su vida. Al ser llevado por ella a su segundo clímax placentero, él ya había perdido todas las inhibiciones con ella. Además, el hecho de verla parcialmente vestida toda la noche sólo lo excitaba más, haciéndolo anhelar aún más la consumación, algún día, de su amor.

Durante un desayuno apresurado, él había esperado y deseado que ella dijera algo respecto a romper su compromiso con Alfredo, pero ella no había comentado nada. Sin embargo, cuando ella salió del baño después, con su bolsa en la mano, él se dio cuenta de que se había quitado su anillo de compromiso de la mano izquierda, y se había puesto el anillo de su madre en su lugar.

Aunque ninguno de los dos dijera nada, él estaba feliz y lleno de esperanza, y había decidido hablarle de matrimonio esa noche.

Se habían detenido apresuradamente en la casa de su tía Laura para que Gina se cambiara de ropa, para luego acompañarlo al restaurante. Afortunadamente, su tía no estaba en casa, así que no se vieron obligados a dar explicaciones por la ausencia de Gina durante toda la noche. Mientras esperaba a Gina en la planta baja, Miguel había llamado al restaurante, y su gerente le informó que dos de los meseros habían llamado diciendo que estaban enfermos.

Ni siquiera esa noticia pudo bajarle los ánimos. Sonreía alegremente al meter su camioneta Mercedes deportiva en el estacionamiento, con la mano de Gina apretando la suya desde el asiento a su lado.

Mientras la ayudaba a bajar, Toño llamó en dirección de Miguel.

—Oiga, jefe —dijo—, ¿quiere que atienda mesas esta noche? Faltaron dos meseros, y ya está lleno el lugar.

Considerando la idea un momento, Miguel negó con la cabeza.

—No. Por ser sábado, te necesito aquí para ver que los clientes borrachos se vayan en taxi. Quizás ponga a Ricardo a servir las mesas.

Irguiendo los hombros, Gina levantó la mano como alumna en el salón de clases.

—Oiga —dijo burlonamente—, ¿y yo qué, jefe? Soy perfectamente capaz de ayudar.

Sonriendo, Miguel sacudió la cabeza.

—Nada más en caso de ser absolutamente necesario, aunque ahora que lo pienso, entre tú y Ricardo quizás pudieran tomar el lugar de por lo menos uno de los dos meseros que faltaron —dijo, bromeando.

Gina rodeó el coche a donde él estaba parado y le dio un golpecito en el brazo, e insistió.

—¡Muchas gracias! —rió ella, y luego entrecerró los ojos como gatita siamesa tal como lo había hecho tantas veces la noche anterior—. Pero, dado que estoy aquí en plan educativo, me supongo que también tendré que enseñarte algo de atender mesas.

Miguel se dio cuenta de que se le había subido el

color a la cara al entrar al restaurante con Gina al lado.

Una lenta sonrisa se dibujó en la cara de Miguel mientras observaba a Gina desde la cantina. Ella estaba desempeñando un magnífico papel como mesera, conversando alegremente con los clientes, sonriendo y charlando. Lo más asombroso era que parecía estar divirtiéndose, hasta sugiriendo platillos que no estaban en el menú. El cocinero la había regañado por sugerir crepas con cajeta, un postre que no estaba en el menú por el alto costo de la crema espesa de caramelo a base de leche de cabra en el que se bañaban las crepas antes de servirlas con nuez picada. Sin intimidarse en lo más mínimo por la regañada del hombre, ella se había metido a la cocina personalmente para encontrar un hornillo portátil con un quemador de alcohol sólido, así como un frasco de la cotizada cajeta. Rápidamente preparó la mezcla para crepas en una licuadora, colocó todos los ingredientes necesarios sobre un carrito que normalmente se usaba para preparar el guacamole al lado de las mesas, y regresó a la mesa de los clientes para hacer todo un espectáculo de la preparación del postre que había recomendado.

Los clientes habían quedado encantados con su personalidad y la facilidad con la que había montado su espectáculo culinario. Después de disfrutar plenamente su postre mexicano, le dieron las gracias efusivamente.

Gina los había despedido cordialmente, observando a Miguel de reojo. Tuvo que reprimir una risita al notar la expresión de abierta admiración en su cara.

Al empezar a limpiar la mesa, se dio cuenta de que habían dejado un billete de cincuenta dólares sobre la mesa como propina. Lo miró durante un momento, y vio en dirección de Miguel, levantando las cejas como si preguntara qué hacer con el billete. Él asintió con la cabeza.

Decidiendo tomarlo, pero sólo para entregarlo después al mesero cuyo lugar estaba cubriendo esta noche, lo metió en el bolsillo del mandil negro con letras doradas con el nombre del restaurante.

De repente, sintió que dos manos sobre sus hombros la hacían girar. Al mirar a Miguel, vio que él estaba mirando en dirección de la puerta principal, por donde estaban entrando diez o doce hombres con armas automáticas.

¡Es un asalto! pensó, y recordó su entrenamiento como maestra; ante el peligro, lo mejor es mantener la calma. Mirando al hombre que tenía enfrente, habló en voz baja, pero con firmeza.

—Llévese todo lo que quiera. Nadie se lo va a impedir. Pero por favor, no lastime a nadie —dijo al hombre, quien la miró confundido.

—Servicio de Inmigración y Naturalización, señorita —dijo cordialmente, mientras esposaba a Gina—. ¡Y usted está detenida sujeta a deportación por trabajar ilegalmente en los Estados Unidos! —agregó con un tono de triunfo en la voz.

Ahora ella lo reconoció. Había estado sentado con otro hombre en una de las mesas que Ricardo había servido.

—Pero yo estoy en este país legalmente, y no estaba trabajando... —empezó a decir ella, hasta mirar alrededor del cuarto. Seis más fueron esposados al mismo tiempo que ella, incluyendo a Ricardo. El pánico empezaba a apoderarse de ella, e insistió:

—Señor, quiero que sepa que yo soy maestra de inglés, y vine a una conferencia nacional en Washington, D.C., y estoy visitando al dueño de este lugar, que es íntimo amigo mío.

—Bueno, aquí no hay conferencias en Washington, y usted acaba de servir a varias personas y meter una propina de cincuenta dólares en el bolsillo de su mandil. Eso, señorita, es trabajar —explicó, metiendo la mano en el bolsillo de ella para sacar el billete de cincuenta dólares— y, esto es evidencia.

—Pero es que yo lo iba a entregar al señor que se reportó enfermo esta noche. No era para mí —su pánico era absoluto ya, y sus ojos recorrían todo el lugar, desesperadamente buscando a Miguel. No lo vio por ninguna parte.

—Sí señorita, lo que usted diga —dijo, con tono aburrido— y ahora, si fuera tan amable de seguirme... —dijo, arrastrándola suavemente por las muñecas esposadas mientras la escoltaba fuera del restaurante a los microbuses que esperaban afuera.

Al subir al microbús, la empujaron sobre un asiento vinílico resbaloso y le dijeron que se corriera hacia un lado. Ella hizo lo que le ordenaron, y se deslizó al lado del único otro pasajero. Era Ricardo, horrorizado.

Los temores de ella se calmaron en presencia de él, y su instinto de maestra decía ser fuerte para ayudar al joven. Mientras los otros cuatro empleados eran empujados al microbús por los oficiales de Inmigración, vio en sus caras la misma expresión de Ricardo. Una vez que la puerta había sido cerrada, Gina habló serenamente, dirigiendo sus palabras a todos.

—Cálmense —dijo—. Miguel arreglará todo. Todo saldrá bien —echó una mirada hacia la parte anterior del microbús, y dejó de hablar cuando dos oficiales de Inmigración subieron al microbús.

Al alejarse el microbús, se le ocurrió que Miguel probablemente estaba en camino a la casa de su tía, donde ella había dejado su pasaporte y visa. Seguramente estaría esperando su llegada en donde fuera que la llevaban, listo para probar su estancia legal en los Estados Unidos y para aclarar el asunto de haber guardado una propina para un mesero.

Al estacionarse el microbús en la cárcel local unos minutos después, Gina no vio al coche de Miguel en ninguna parte. Segura de que llegaría en cualquier momento, ella se esforzó en mantener la calma. Estaban esposados como viles criminales.

Cuando el conductor frenó fuertemente al frente de la cárcel del condado, Gina se cayó hacia adelante sin poder protegerse, pues el pantalón negro de satín se deslizaba sobre el tapiz vinílico. Uno de los hombres sentados en el otro banco la atrapó justo a tiempo para evitar que se desplomara contra el suelo.

—Gracias —dijo, sonriendo al joven, que le devolvió la sonrisa, aunque sus ojos mostraban el mismo terror que sentía ella.

Dos horas más tarde, el temor de Gina se había convertido en desesperación. Miguel no había llegado, y ni siquiera había llamado. Ella se sentía abandonada a su suerte, y por ser la única mujer en el grupo, la habían llevado a la sección femenina de la cárcel; a la población general. Sólo le habían dicho que no tenían otro lugar para ella, y que alguien la llamaría cuando le tocara ser entrevistada por los oficiales de Inmigración. La habían dejado en una celda con ocho mujeres, sin poder hablar siquiera con los otros detenidos.

Sentándose sobre el piso, finalmente estudió la celda. Había tres mujeres jóvenes que, por sus atuendos y maquillaje, podrían pasar por prostitutas o pandilleras. Tronando chicle mientras hablaban y se reían juntas, Gina no las entendía siquiera, por el tipo de caló y modismos que usaban, sus acentos sureños y su pésima gramática. De las otras cinco mujeres, sólo dos estaban despiertas, y nada más una parecía estar sobria. La otra estaba cantando y canturreando de manera desentonada y sin ritmo.

No valía la pena intentar hablar con ninguna de ellas. Aparentemente ella era la única indocumentada legal en Carolina del Norte esa noche, si no en el mundo entero.

Esperando pacientemente que la llamaran para interrogarla, ella levantó sus rodillas, cruzó los brazos alrededor de ellas y, colocando su cabeza directamente encima de sus brazos, se quedó profundamente dormida en pocos minutos.

—Mickey, te lo juro —exclamó Miguel, hablando con su prima en Washington. Había pasado más de una hora desde la redada de Inmigración cuando se habían llevado a sus empleados—. Antes de irse en los microbuses con Gina y mis cinco empleados, mostré a los agentes un expediente por cada uno de ellos. Tenía copias de sus tarjetas del Seguro Social, sus identificaciones como residentes legales... todo lo que es requerido por ley. Les mostré mis libros de contabilidad que prueban que no sólo pago los impuestos y contribuciones al Seguro Social, sino que también les pago su seguro de salud. Solamente para Gina no tenía papeles, porque ella había dejado su bolsa en la casa de tu mamá. Ya la recogí y tengo su pasaporte. Pensé en llevarlo ahora mismo a la cárcel, para ver si puedo hacer que la suelten.

—¡No lo lleves todavía! —ordenó Mickey—. Necesito pensar un minuto o dos. No me apresures —dijo, la exasperación asomando en su voz. Era la tercera vez que las autoridades de Inmigración habían hecho redadas en el restaurante de Miguel. La última vez ella había logrado que redujeran las multas y que fueran indulgentes con él, pero esta vez estaba involucrada su mejor amiga, y estaba detenida sujeta a la deportación. Por mucho que quisiera a su primo, esta vez se había pasado de la raya.

—¡Dios mío! —exclamó—. Miguel, ¿cómo pudiste

haber permitido que sucediera esto? Jamás se me había ocurrido que estuviera poniendo en peligro a Gina al dejarla ahí contigo. Se me cae la cara de vergüenza —dijo, furiosa con él.

—Bueno, pues más te vale que se te quite pronto —replicó él secamente—, porque en cuanto pueda yo sacarla de ahí, tengo toda intención de casarme con ella. De ser posible, mañana por la mañana.

—Se trata de una idea que sólo existe dentro de tu propia mente, ¿o acaso lo has discutido con ella? —preguntó ella sarcásticamente—. Lo último que supe fue que ella estaba comprometida con ese tal Alfredo en Guanajuato —agregó.

—Pues no he visto ningún anillo de compromiso últimamente —dijo él, recordando que Gina acababa de quitárselo esa misma mañana—, así que me supongo que las cosas han cambiado —agregó, esperando que sus palabras fuesen ciertas.

—Escúchame Miguel —dijo ella firmemente, decidiendo el próximo paso a tomar—. Ya es casi medianoche del domingo. No hay manera alguna de que yo pueda llamar siquiera a algún funcionario consular de la embajada esta noche, y menos que me den una respuesta hoy. Con un poco de suerte, podré hacer algo al respecto mañana.

—¿Quieres decir que va a tener que pasar la noche en la cárcel? —estaba exasperado ante el prospecto de que Gina estuviera en una celda.

—No te preocupes, la Migra no puede ponerlos en celdas, por lo menos no con la población general de la cárcel. Lo más probable es que la tengan en una sala de visitas, y que se encuentre perfectamente bien. Pero para estar seguros, haré una llamada oficial dentro de unos cuantos minutos, informando al personal que en la Embajada de México estamos conscientes de los detenidos, y que enviaremos un cónsul el lunes. No hay manera de conseguir que un juez federal firme una orden de deportación durante el fin de semana, entonces así podemos comprar un poco de tiempo hasta que podamos ver como arreglar el asunto —agregó—, y quédate con ese pasaporte. Aunque el Servicio de Inmigración y Naturalización tenga la obligación de entregar pasaportes a la embajada, a veces tardan meses en hacerlo. Por lo menos si lo tienes tú se lo podemos hacer llegar más rápido.

Miguel no estaba convencido.

—¿Me dejarán verla mañana? —preguntó.

—Probablemente no, porque estás directamente involucrado en el caso. Sin embargo, yo llegaré ahí en la tarde o noche de mañana —lo más temprano posible— y trataré de verla. Mientras tanto, tengo que hacer muchas llamadas, así que nos veremos mañana —a punto de colgar el teléfono, se le ocurrió otra idea.

—¿Miguel? —dijo—. ¿Sigues ahí?

—Sí, apenas —contestó él, sintiendo que se le derrumbaba su mundo entero al saber que no le permitirían ver a Gina.

—De no ser que mi madre pregunte directamente, no le menciones lo que ha sucedido. Es mejor que yo esté presente cuando se entere. Se va a mortificar mucho.

—Estoy de acuerdo. Gracias, prima.

Al colgar el teléfono, el único destello de esperanza que le quedaba era lo que Mickey había dicho que no habría ningún juez federal de ahí al lunes que pudiera firmar una orden de deportación. Quizás Mickey pudiera arreglar las cosas antes de que consiguieran esa firma.

Al salir de su oficina, el restaurante estaba oscuro, excepto por la luz de seguridad al lado de la puerta principal. Atravesando la cantina hacia la puerta principal, suspiró. La única mujer que había amado en toda la vida se encontraba detenida en un calabozo del condado y además su prima y mejor amiga estaba furiosa con él. Y el enojo de ella no sería nada comparado al de su tía Laura. Además, estaba Margarita. Se habían llevado también a Ricardo. Estaría devastada.

¿Cómo pudo haber permitido esto?

Apagó la luz de la entrada, y abrió la puerta principal del restaurante saliendo al aire fresco de la noche. Cerró la puerta tras él, cuidadosamente echando llave.

Gina despertó antes del amanecer del domingo. Nadie la había llamado para la entrevista de inmigración a la que habían aludido los agentes, y Miguel tampoco había venido por ella. Empezaba a pensar que estaba metida en mayores problemas que los que había calculado.

Justo cuando el pánico se apoderaba totalmente de ella, un joven uniformado apareció al otro lado de las rejas. Mirando a todas las mujeres dormidas sobre el piso sucio, sus ojos finalmente repararon en Gina.

—¿Eres la mexicana? ¿Mexicana? —preguntó.

—Sí —dijo ella, poniéndose de pie, usando las rejas de la puerta corrediza para apoyarse.

—Ven... —dijo el hombre y abrió la reja—, los agentes quieren hablar contigo.

Al seguir al oficial por el largo pasillo, de repente se llenó de esperanza, casi segura de que al abrir la puerta a la oficina donde iban a interrogarla, encontraría a Miguel ahí.

Sin embargo, cuando llegó al cuarto de interrogatorios, se desvanecieron sus esperanzas, al encontrar sólo al mismo agente que la había detenido la noche anterior, y al otro oficial que había conducido el microbús.

Mientras el uniformado la escoltaba, el oficial que la había detenido hizo un ademán con la mano indicándole una silla, y Gina se sentó. El hombre se presentó con ella, mientras empujaba un documento por la mesa delante de ella con muchos renglones en blanco.

—Nos conocimos anoche, señorita, pero yo soy el Agente Especial Johnson, del Servicio de Inmigración y Naturalización —dijo amablemente, colocando una grabadora sobre la mesa—. ¿No le importa, verdad? —dijo, tocando la grabadora al empujar el botón para grabar.

Asombrada y abatida, Gina asintió con la cabeza.

—Ahora, para cuestiones de identificación, ¿nos puede decir su nombre? —preguntó.

—Gina Ramón —contestó dando a propósito solamente su sobrenombre y no mencionando su apellido materno. Mirando el documento que el hombre había colocado delante de ella recordó las películas estadounidenses que había visto y se le ocurrió una idea—: ¿No debería tener presente a mi abogado antes de contestar sus preguntas? ¿No me van a permitir una llamada telefónica? —preguntó, sus ojos llenos de exagerada inocencia.

—Por supuesto, señorita Ramón —el agente Johnson respondió, sonriendo ampliamente—. Pero nada más si usted quiere continuar con el asunto. En este momento, no hay cargos en contra suyo, y todo el asunto puede desaparecer en cuestión de unos pocos minutos —dijo, buscando en la cara de ella la expresión familiar de esperanza y alivio que normalmente mostraban las caras de los detenidos aterrados, especialmente tratándose de mujeres. Una vez satisfecho al ver las señas familiares, continuó—: Todo depende de usted, señorita.

Gina sintió una punzada de esperanza. Quizás no estaban permitiéndole ver a Miguel, pero de todos modos había estado ahí, aclarando las cosas.

—¿Ya estuvo aquí Miguel López Garza?

—No, señorita. Nadie ha venido, y no se ha aclarado nada —contestó, notando que el pánico regresaba a la expresión de ella—. Pero podemos arreglar este asunto sin que queden manchas permanentes en su expediente de inmigración, si así lo prefiere usted —explicó, señalando al documento colocado delante de ella con su pluma, y luego entregando la pluma a Gina.

—Como verá usted —dijo cambiando su tono al ritmo monótono usado para la explicación que había dado miles de veces antes—, es un formulario para la deportación voluntaria. Si nos hace el favor de firmar el calce, la sacaremos en el primer vuelo disponible para México, y este incidente no debe de afectarla en lo más mínimo —dijo, tamborileando un dedo sobre la mesa, esperando que Gina firmara el documento.

Después de leer varias veces el sencillo documento, Gina levantó la cabeza para unir su mirada con la del agente.

—¿Y cuál es la alternativa si no firmo? —preguntó.

—Entonces tendrá que permanecer detenida hasta que llegue el momento de su audiencia, salvo que pague una fianza de cinco mil dólares para esperar su audiencia de Inmigración fuera de la cárcel. Una vez más, la decisión es suya —dijo cordialmente, pero con el monótono que había usado en la explicación anterior.

—¿Y cuánto tiempo se tarda en conseguir una audiencia? —estaba a punto de tomar una decisión, pero trataba de comprar un poco más de tiempo, para estar absolutamente segura de su decisión.

—Entre seis y doce semanas —contestó él, todavía tamborileando sus dedos sobre la mesa.

Gina contempló la idea de esperar en la cárcel hasta su audiencia, y era impensable. En cuanto a tener cinco mil dólares para pagar una fianza, estaba fuera de su alcance. Y en cuanto a que la pagara Miguel, ella jamás se lo permitiría, aunque en vista de su notoria ausencia, ella dudaba muy seriamente que él tuviera las más mínimas ganas de pagarla.

Tomando la pluma en la mano, firmó el documento de deportación voluntaria. Era lo mejor que podía hacer. Así estaría en casa en cuestión de días. Llegaría con la cabeza agachada por la vergüenza de haber sido tan idiota, pero por lo menos estaría en casa.

¡Qué idiota he sido! pensó ella. *Me porté como una adolescente tonta y enamorada! Y Miguel devoró la atención como cachorro hambriento de amor.*

Una vez firmado el documento, la llevaron a otra parte de la cárcel del condado. Era un cuarto grande donde encontró a los otros detenidos, todos sentados cómodamente en sofás.

—¡Señorita Gina! —exclamó Ricardo, levantándose para atravesar hacia donde estaba ella—. ¡Todos estábamos preocupados por usted! ¿Se encuentra usted bien?

—Sí —dijo, forzando una débil sonrisa—. ¿Y ustedes? Yo firmé una orden de deportación voluntaria.

—Todos firmamos —dijo Ricardo.

—Y ahora, ¿qué sucederá? —la pregunta fue en general a todos los que se encontraban en el cuarto.

Ricardo se encogió de hombros, forzando una risa.

—¡A mí ni me pregunte! —dijo—. Es la primera vez que me sucede.

Uno de los otros ex-empleados de La Cantina de Miguel habló, explicando que serían llevados en automóvil al aeropuerto de Raleigh-Durham, de donde serían transportados en un avión de la oficina del Comisario de los Estados Unidos, con todos los demás detenidos indocumentados encontrados en cualquier parte de los estados del noroeste y del medio atlántico. Después serían depositados en un punto desconocido, normalmente o cerca de la frontera o en León, Guanajuato, ¡así era la cosa!

Gina repentinamente se dio cuenta de que no tenía ni un centavo, ni bolsa... ni muda de ropa, y comentó su preocupación.

—No se aflija por eso —explicó Ricardo—, porque todos compartiremos lo que tengamos, y tan pronto podamos llamar a Miguel de donde nos encontremos, nos enviará lo que necesitemos.

De pronto, Gina ya era como cualquiera otro. Abandonada a la suerte que le deparara el destino, esperando llegar a cualquier parte de México para llamar al "jefe" para pedirle dinero. Otro de los hombres jóvenes explicó que a él le habían quitado más de mil dólares, pero que el dinero sólo sería devuelto por correo y en un cheque del departamento local del aguacil. Dijo que la otra vez que le había sucedido lo mismo, habían cateado su casa, también, confiscando más de cinco mil dólares. Dado que él no tenía ninguna cuenta bancaria en México, no había podido cambiar el cheque que le habían enviado, así que lo guardó hasta que pudo regresar a Estados Unidos cuatro meses más tarde. Para entonces, el cheque había caducado, ¡y tratar de cobrar los fondos de la oficina del aguacil sería exactamente como una confesión abierta de su entrada ilegal en los Estados Unidos de nuevo! Así que, explicó, era un círculo vicioso. Si alguien era capturado, el detenido lo perdía todo; pero un buen jefe como don Miguel por lo menos enviaría suficiente dinero para que uno pudiera llegar a casa, o de regreso a los Estados Unidos.

¡Excelente! pensó ella. *De maestra de inglés a mendiga en ocho cortos días!*

Sólo había tenido que esperar unos minutos en aquella sala con los otros detenidos antes de ser escoltados por el agente Johnson al microbús blanco, para viajar casi dos horas a Durham. Al bajarlos del microbús, para su horror, les habían puesto esposas en las manos y encadenado las manos a los pies, para luego engancharlos el uno con el otro antes de ser llevados al avión del Comisario de los Estados Unidos que los esperaba.

Durante el vuelo que duró cuatro horas y media, no se les ofreció ni un refresco, ni una bolsa de cacahuates, y mucho menos un vaso de agua. Sólo se les avisó su destino treinta minutos antes de aterrizar. Aunque estuviera a menos de cuarenta y cinco minutos de casa, a Gina le había desconcertado el saber que estarían aterrizando en León, Guanajuato. Uno de los comisarios había explicado que muchas veces escogían la ciudad de León por su ubicación geográfica directamente en el centro de la república.

Sin embargo, Gina no había tenido tiempo para inventar un cuento, y mucho menos una explicación razonable por haber llegado una semana antes, sin equipaje ni pasaporte, sin haber asistido a la conferencia para la cual la habían enviado a los Estados Unidos; y además con la vergüenza de haber sido deportada, aunque fuera de modo voluntario, del vecino país del norte.

Había pasado momentos de tanta pena de sí misma que ni siquiera le había importado. Lo único que quería era llegar a su casa para encerrarse en su cuarto a solas. Sabía que le sería insoportable tanto el martirio de su madre por el escándalo que causarían las acciones de su hija, como la furia de su padre. Sin embargo, habían reaccionado fiel a su costumbre, tratando de olvidar rápidamente todo el asunto, como acostumbraban hacerlo siempre que ocurría algo grave en la familia. De eso estaba agradecida.

El lunes a primera hora había llamado a las monjas

para darles una breve pero completa explicación por no haber asistido a la conferencia, suplicándoles que por favor consideraran todas las circunstancias antes de despedirla del trabajo, reconociendo que sus acciones podrían ser juzgadas como escandalosas.

Asombrosamente, la Madre Superiora la había llamado esa misma tarde, asegurándole que definitivamente no la iban a despedir de la escuela. Por supuesto, había dicho, las hermanas estaban decepcionadas de ella por sus acciones al igual que de las consecuencias públicas de lo acontecido, pero comprendían que todo había sucedido por un error de criterio. La esperarían de nuevo en sus clases, en la fecha programada.

Gina acababa de enfrentarse con el peor de sus temores: decirle a Alfredo que no podía casarse con él. En lugar de guardar un poco de respeto para su larga relación o el amor que había jurado sentir por ella durante tanto tiempo, se había comportado como un amante rechazado en una telenovela barata.

Alejándose de la pequeña mesa donde estaban tomando un café, al aire libre en el Jardín de la Unión en el centro del pequeño pueblo, Alfredo se puso de pie de repente. Inclinándose sobre ella, bajó la voz, gruñendo a regañadientes.

—Si crees que me vas a convertir en el bufón del pueblo, más vale que lo pienses muy bien —exclamó—. Y ahora, te agradecería que me devuelvas mi anillo de compromiso.

—Alfredo, ¡comprende, por favor! —suplicó ella. Él había reaccionado con más vehemencia de lo que ella había imaginado ante su decisión de romper su compromiso.

Cosa de esperar, en vista de cómo se le había dado vuelta su mundo en los últimos días.

Gina se sintió profundamente lastimada. No por el rompimiento de su relación con Alfredo, sino por el hecho de que realmente lo que le interesaba a Alfredo era su imagen en el pueblo. Ni siquiera se había molestado en preguntar por qué había decidido no casarse con él.

Ella había querido decirle, pero desafortunadamente, había cometido el error de comenzar con el final, al decirle que después de pensarlo bien, había decidido que no podía casarse con él. Antes de poder explicarle su decisión, él se había enfurecido, acabando por reclamar su anillo de compromiso.

Ella estaba preparada ya que habia recuperado la mayor parte de sus cosas. Sacó la pequeña caja en la que le había regalado el anillo, abriéndola un poco para que viera él que el anillo estaba ahí. Colocó la caja sobre la mesa delante del lugar donde él había estado sentado, la empujó hacia él, suavemente.

Alfredo la tomó, y discretamente se la metió en el bolsillo. Mirando a la gente en la plaza a su derredor, vio a varios empresarios conocidos. Enderezándose de los hombros, miró a Gina con una sonrisa burlona en la cara.

—Y después de tus puterías en los Estados Unidos, puedes buscar a otro idiota para casarse contigo —gritó, mirando luego en dirección de los hombres; y se dio cuenta de que ninguno de ellos había siquiera girado la cabeza en dirección a ellos. Dándose cuenta de que el único que parecía idiota en esa cafetería era él, miró despectivamente a Gina, para luego darse vuelta y alejarse furiosamente.

Aunque por fuera estuviera sonriente y tranquila, Gina rezaba por que se abriera una grieta en el suelo y se la tragara la tierra. Sin cambiar su expresión, colocó un billete de veinte pesos sobre la mesa, se levantó y se alejó lentamente, parándose en el puesto de periódicos al otro extremo de la plaza antes de dar la vuelta hacia la Plaza de la Paz. Caminó lentamente en esa dirección hasta llegar a la próxima esquina, corrió hacia arriba hasta llegar a la avenida Pocitos, y luego por el angosto callejón que la llevaría a la seguridad, por desagradable que fuera, de su casa.

Capítulo Siete

Sumando todas las ventas del mes, Miguel las comparó con las del mes anterior, y las del anterior a ese. Las ventas no habían caído tanto como había temido después de la redada pública que había hecho el Servicio de Inmigración y Naturalización. En realidad, las ventas habían bajado menos de cinco porciento, lo que, en vista de contar con veinte porciento menos de empleados, hablaba muy bien de su personal. Haciendo una anotación mental con intención de regalarles a todos y cada uno de ellos un bono especial la próxima quincena, cerró los libros de contabilidad, levantando luego el teléfono.

Habían pasado dos semanas desde la deportación de Gina, y ella todavía se negaba a aceptar sus llamadas. Al principio, había pensado que era sólo la familia de ella que se negaban a pasarle sus llamadas, pero empezaba a dudarlo. Después de llamar por lo menos tres veces al día, a diferentes horas, ya le costaba trabajo creer que ella no sabía que la llamaba, si no por conocimiento directo, entonces por mera intuición.

Marcó el número que ya se sabía de memoria, el teléfono pareció sonar eternamente. Finalmente, la voz de un hombre contestó, y Miguel se imaginó que era el señor Ramón. Era la primera vez que el padre de Gina había contestado alguna de sus llamadas, y decidió que debería aclarar las cosas entre hombres.

—Buenas noches, señor Ramón —empezó, titubeante—. Soy Miguel López Garza, llamando de los Estados Unidos —silencio—. No sé si se acuerda usted de mí, señor, pero fui amigo de su hija, Georgina, en la preparatoria, y Georgina estuvo...

—Ya sé quien es —dijo el hombre mayor con tono seco—. Usted es el hombre que ha permitido que mi hija cayera en desgracia. Usted es el hombre que ha estado llamando constantemente desde la deportación de mi hija de los Estados Unidos. Y, mi estimado joven, usted es el hombre a quien mi hija no tiene absolutamente ningún interés en volver a ver jamás, y con quien no tiene ningún deseo de hablar —sus palabras claras y precisas no dejaron duda de su significado.

—Pero señor... —empezó a decir. El señor Ramón lo interrumpió.

—Y le voy a agradecer que no nos vuelva a molestar. ¡Definitivamente no nos interesa! —sonriendo a su hija, colgó el teléfono.

Gina se quedó parada en la puerta.

—¿Ya te vas a acostar, hijita? —preguntó. Asintiendo con la cabeza, ella estuvo tentada de preguntar por la extraña llamada, pero su padre no le dio oportunidad de hacerlo—. Buenas noches, hija, qué descanses —agregó.

Encogiéndose de hombros, ella volteó y caminó por el largo corredor exterior que conducía al patio trasero y a las escaleras que daban a la azotea, donde, entre otras habitaciones, balcones y el jardín de su hermano, se encontraban sus aposentos. Al entrar a la pequeña sala de estar, colocó las tareas que acababa de calificar sobre su escritorio, y se sentó en el sofá, prendiendo la televisión que estaba en un rincón del cuarto. Cambiando canales —los cinco que existían en Guanajuato— pensó en todos los canales de cable que había visto en la casa de Laura Campos y en la casa de Mickey. No había servicio de cable en Guanajuato, y aunque hubiera tal servicio, su padre jamás lo habría permitido en la casa.

Apagó la televisión, y escogió un libro de uno de sus libreros, y entró a su recámara. Abrió la puerta que daba al balcón y retiró las cortinas; al sentir la brisa fresca decidió sentarse en el balcón para observar a la gente que deambulaba por los callejones.

Vio a la hija adolescente de uno de los vecinos, que llegaba con su novio. La pareja no se fijó en ella al mirar furtivamente en derredor para ver si alguien los descubría robándose un beso. El beso de los jóvenes, hizo que la imaginación de Gina volara hacia los Estados Unidos y a Miguel.

Las lágrimas corrieron por sus mejillas al pensar en él. Jamás comprendería qué era lo que podía haber hecho ella para ofenderlo al grado de no llamarla siquiera.

La única vez que había llamado Mickey, fue para decirle que no se preocupara, porque Miguel mandaría su pasaporte y demás pertenencias a Guanajuato, y que si esperaba aproximadamente un mes, su pasaporte y visa probablemente le servirían para entrar a los Estados Unidos nuevamente, dado que no había dado su nombre completo a los agentes de Inmigración. Los padres de Gina estaban sentados en el cuarto donde ella había contestado la llamada de Mickey, pero ella no se atrevió a preguntar por Miguel.

Mickey se había ofrecido a explicar todo lo que había sucedido, pero Gina había insistido en que no dijera nada, diciendo que no tenía importancia porque no podría cambiar los resultados.

Se sentía como si hubiera vivido en un vacío desde su regreso. Nada de lo que sucedía a su alrededor le importaba. Estaba invadida por una honda tristeza a la cual no podía sobreponerse. Todos los días se dedicaba a sus deberes de manera mecánica, pero no se sentía con vida. Ni siquiera estaba intentando, ni quería intentar, seguir adelante.

Lo más triste era que nadie se fijaba en su depresión. Con el paso de los días, su vida había recuperado el curso de siempre. Su madre la llamaba a ayudar en la cocina en cuanto abría la puerta principal, su padre le hablaba de los nuevos libros que había recibido en la librería, y su hermano menor le hacía bromas. Nadie se fijaba en que ella se retiraba a sus habitaciones dos o tres horas antes de lo normal, se levantaba tarde y todas las mañanas corría de la casa sin desayunar, y apenas comía.

Era mejor así. Su tristeza se había convertido en la parte más íntima de su ser. Parecía ser la única parte de sí misma que podía abrazar y amar.

Miguel había estado mirando al teléfono durante más de una hora, su desesperación provocaba un oleaje de miles de ideas que pasaban por su mente cada minuto. Por mucho que intentara comprenderlo, no tenía sentido que Gina no quisiera hablar con él. Todo había sido demasiado perfecto entre ellos como para que ella decidiera, no obstante lo que había sucedido, que ya lo despreciaba y que no quería volver a hablar con él jamás. Por una parte lo comprendía, pero por otra simplemente no podía aceptarlo.

Haciendo círculos concéntricos en el polvo sobre su escritorio, que no había permitido que nadie limpiara durante varias semanas, finalmente decidió lo que tenía que hacer.

Levantó el interfón, y marcó la cantina. Después de varios timbrazos, Fredo contestó.

—A sus órdenes, jefe —contestó.

—Ven en seguida, Fredo —dijo, y luego colgó el teléfono.

Cuando entró Fredo, después de tocar ligeramente la puerta, Miguel extendió la mano con sus llaves, poniéndose de pie.

—Oye, Fredo. Necesito que te encargues de todo durante unos días, quizás más tiempo. ¿Te molesta?

—No, jefe, no hay problema —dijo, aceptando las llaves de la mano de Miguel. Fredo se había hecho cargo de todo en el pasado, y jamás preguntaba nada. Por eso y por muchas otras cosas, era el empleado de más confianza de Miguel.

Miguel se dio vuelta y se puso en cuclillas delante de su caja fuerte, girando rápidamente el disco hasta terminar de meter la combinación. Al empujar la palanca central hacia abajo, la puerta se abrió. Sacó un portafolios chico de color café, y lo abrió para revisar sus dos pasaportes. Luego sacó una caja metálica del fondo de la caja fuerte, tomó un gran fajo de billetes doblados; colocando parte en la cartera de los pasaportes, y otro tanto en un cinturón para dinero, quese puso, después de levantarse y sacarse la camisa de la cintura de su pantalón, abrochándolo directamente arriba de su cintura. Satisfecho de que estaba bien seguro, se volvió a fajar la camisa en la cintura de su pantalón y cerró la caja fuerte con el pie.

Haciendo una pausa, volvió a abrir de nuevo la caja fuerte y sacó un pequeño papel doblado de uno de los estantes superiores. Girando hacia Fredo, le entregó el papel.

—Esta es la nueva combinación de la caja fuerte. Memorízala, regrésala a la caja fuerte, y cierra con llave, ¿de acuerdo?

Sin esperar una respuesta, atravesó hacia la puerta, revisando su reloj al caminar.

—Me puedes localizar en el celular por lo menos durante un día, o quizás más. No sé qué tanta cobertura haya en México.

—¿México? —se abrieron ampliamente los ojos de Fredo.

—¡Nos vemos! —dijo Miguel, cerrando la puerta tras él. Esperaba que Fredo manejara las cosas como siempre lo había hecho en su ausencia.

Al llegar a San Luís Potosí, Miguel se preguntó si el viejo camino que pasaba por San Felipe y Dolores Hidalgo todavía sería viable, y se paró en una gasolinera de Pemex cerca de donde recordaba que atravesaba el desvío para ese camino. Apenas había dormido unas cinco o seis horas desde el comienzo del viaje en New Bern, más de cuarenta horas antes. Se había parado en un área de descanso en algún punto entre Mobile, Alabama y Baton Rouge, Luisiana, para dormir, pero habían pasado dieciocho horas desde entonces, y recordaba que sus padres siempre habían tomado aquel camino para acortar por lo menos una hora del viaje a Guanajuato. De repente era sumamente importante para Miguel, porque estaba rendido. Había tratado de salir del camino para dormir, cerca de Matehuala en medio del desierto, pero estaba demasiado emocionado pensando en volver a ver a Gina en su pueblo natal.

Cuando se acercó a una bomba de gasolina, estuvo a punto de bajarse de su camioneta para llenar él mismo el tanque, hasta que recordó que eso simplemente no se hacía en México. Abrió la ventanilla de su lado, saludó al empleado, pidiéndole que le llenara el tanque, agregando que por favor revisara todos los líquidos.

Mientras el jovencito se ocupaba en la tarea, Miguel sacó el mapa de Pemex y lo abrió en la página del estado de San Luis Potosí, buscando la frontera con el Estado de Guanajuato. Por fin encontró el camino, que, según el mapa, estaba en buen estado. Cuando el jovencito se acercó para cobrar la gasolina, Miguel le preguntó si conocía el camino de referencia, y el joven le informó que era seguro, aunque de ninguna manera se prestaba para correr a altas velocidades. Era sólo de dos carriles, pero no habría nada de tráfico.

Una hora y algo más tarde, Miguel estaba pasando por los puntos destacados de su pueblo natal. Al pasar por el último pueblo en la sierra antes de emprender la última bajada, encontró el viejo camino de tierra que daba a la antigua cabaña que solían usar sus padres los fines de semana, y que había heredado de ellos. Su tía Laura le había pagado a un cuidador durante años, pero al empezar Miguel a ganarse la vida, después de graduarse de la universidad, ella le había transferido la responsabilidad. Pensó que sería un buen momento para ver en qué estado se encontraba la casa después de tantos años.

Al subir por el escarpado y sinuoso camino de tierra a través de una selva de pinos, recordó todos los momentos maravillosos que había pasado en la cabaña con sus padres, y durante la adolescencia con sus amigos. Al llegar a la casita del cuidador al fondo de la propiedad, un viejo vestido de pantalón de mezclilla, una camiseta y sombrero vaquero salió del interior.

—¡Es propiedad privada! —gritó, aleteando las dos manos en el aire.

Contento por la diligencia del hombre antes de las siete de la mañana, Miguel sonrió y abrió la ventanilla del coche.

—¿Don Marcelino? —preguntó.

El hombre asintió con la cabeza, pareciendo sorprendido de que este fuereño conociera su nombre.

—Buenos días —dijo—. Soy Miguel López Garza, el propietario...

—¡Don Miguel! —exclamó el viejo, su cara arrugándose al sonreír ampliamente. Abriendo la reja, guió a Miguel por la entrada—. Bienvenido —lo recibió cálidamente—. ¡Lo alcanzaré a usted en la casa!

Subiendo por la despareja entrada, Miguel empezó a preguntarse si el cheque que enviaba todos los meses para el mantenimiento del lugar era suficiente. La propiedad, o por lo menos el camino, parecía necesitar reparaciones. *¡O quizás siempre fue así!* pensó. *¡Estoy demasiado acostumbrado a las calles de los Estados Unidos!* Se rió de sí mismo.

Finalmente, vio la cabaña. Un enorme edificio con techo triangular de cobre y paredes de piedra natural; no había cambiado en lo más mínimo. Su corazón estaba latiendo fuertemente en su pecho por la emoción o por la altura de tres mil metros, pero se deslizó del asiento de su camioneta, estirando las piernas y entrelazando las manos sobre la nuca para tensar todo su torso.

Al llegar a la puerta principal, después de echar un vistazo por la parte delantera de la casa, don Marcelino ya había llegado para abrirle ansiosamente la puerta para dejarlo entrar. Antes de entrar, Miguel saludó cálidamente al cuidador, explicando que estaría nada más unas pocas horas para descansar.

—¿Hay agua en la cisterna? —preguntó—. ¡Me muero por un buen baño caliente! —agregó.

—La cisterna está llena, pero tendré que prender el calentador de agua para que se bañe. Tarda aproximadamente una hora para calentarse bien. Si le gusta, puedo pedir a mi esposa que le prepare un buen desayuno allá en la casa para traérselo... desafortunadamente, no sabía que usted venía, y ¡no hay comida en la casa! —agregó.

Miguel no pudo recordar la última vez que había comido, y aceptó agradecido.

—Sería muy amable de su parte —dijo—, pero con una sola condición... ¡que coman conmigo usted y su esposa! De esa manera, podemos conversar.

El viejo sonrió de oreja a oreja, y dio la vuelta para bajar a su casa, prometiendo regresar pronto con el desayuno.

Al atravesar la entrada al recibidor, Miguel se sintió transportado en el tiempo a otros momentos. El lugar estaba exactamente como lo había dejado tantos años antes. El recibidor, el comedor con su enorme mesa para veinticuatro personas y sillas hamacadas de cuero, la mesa de juego al otro extremo del enorme cuarto; todo era exactamente como lo recordaba. Los adoquines rojos de barro natural lucían brillosos, y las paredes de cantera estaban perfectamente limpias. La sala hundida con su sofá empotrado con enormes cojines relucientemente limpios, así como la alfombra de hilo largo blanco, aunque anticuada, estaba limpia y aspirada. La chimenea de cantera, con hogar alzado y abierto, y con su repisa de mezquite, estaba también como la recordaba. Había flores recién cortadas sobre la mesa del comedor, y el hogar limpio, con leña lista para ser prendida.

Las pinturas de óleo que forraban la única pared de madera, donde estaban las escaleras para subir a las recámaras en la segunda planta, eran las mismas que recordaba. Subiendo las escaleras al descanso, se asomó al cuarto que había sido su recámara, y vio que estaba limpia y ordenada, las camas gemelas con sobrecamas limpias.

Asomándose al cuarto que había sido la recámara de sus padres, lo encontró tal cual como lo habían dejado, con excepción de que la cama tamaño regio había sido cambiada por dos dobles, las dos con sobrecamas nuevas. Ese cuarto también estaba reluciente de limpio.

Finalmente, subió la escalera de fierro forjado en forma de caracol al desván del tercer piso, donde él y sus primos solían dormir cuando su propio cuarto estaba ocupado por su tía Laura o por el padre de Mickey con alguna de sus esposas. Las camas de la litera estaban tendidas, también. No entró al desván, recordando que siempre se había sentido apretado cuando era niño ahí por su techo bajo, y sólo podía imaginarse como se sentiría con su altura actual.

Regresó al segundo piso, suavemente cerró la puerta al antiguo cuarto de sus padres y entró al suyo, decidiendo recostarse sobre la cama durante unos minutos hasta que regresara el cuidador con su esposa y el desayuno que había prometido.

Se quedó profundamente dormido y se despertó desorientado al oír las voces de la pareja en la planta baja. Sentándose sobre la cama, consideró decirles que se fueran para dejarlo dormir, pero el olor a chorizo lo volvió a la vida.

Levantándose, se mareó ligeramente, y decidió que realmente lo que necesitaba era comer, y luego dormir unas horas antes de bañarse y salir en busca de Gina.

A la hora de estacionar el Mercedes en el único lugar que pudo encontrar atrás del museo de La Alhóndiga, ya pasaban de las tres de la tarde. Después de un buen desayuno, una larga siesta y un buen baño caliente en la cabaña, se sentía entero de nuevo, y emocionado no sólo ante el prospecto de ver a Gina, sino por ver todos los lugares familiares, caras, y hasta los olores de su pueblo natal.

Había traído sus cosas, explicando a don Marcelino que no sabía aún si dormiría en la cabaña esa noche, pero que definitivamente regresaría antes de dejar el pueblo. Aunque el cuidador y su esposa se esmeraran en ser amables y en mostrarle gran hospitalidad, insistiendo en que el sueldo mensual y gastos para mantenimiento eran más que suficientes para las necesidades de la cabaña así como para sus necesidades personales, a él le había dado la impresión de que habían estado algo aliviados al verlo irse. Él se había imaginado que simplemente no estaban acostumbrados a tener a nadie en la cabaña, y probablemente se sintieran como los mismos propietarios después de vivir solos ahí tantos años.

Al caminar hacia la Avenida Pocitos para subir por los callejones que lo llevarían a la casa de Gina, de repente se le ocurrió que de verdad estaba en casa, y que no obstante el hecho de haber vivido en el extranjero por más de trece años, seguía siendo guanajuatense, y no debía llegar a la casa de Gina sin anunciarse, esperando que ella simplemente se aventara entre sus brazos, ni tampoco podía esperar que sus padres lo recibieran con los brazos abiertos.

No... ¡tenía que hacer las cosas de la manera más correcta! No porque recordara realmente la manera correcta de suplicar a un padre mexicano ser perdonado después de provocar un incidente escandaloso que había convertido a su única hija en paria social en este pueblo tan chismoso y provinciano. Sin embargo, tendría que pensar en alguna manera de lograrlo.

De repente, se le ocurrió tratar de hallar a un viejo amigo, que pudiera ofrecer la solución.

Regresando a su camioneta, que repentinamente le parecía pretenciosa y llamativa en un pueblo donde la mayor parte de la gente manejaba *bochos* u otros carros compactos, se deslizó de nuevo al asiento del conductor esperando que nadie lo hubiera reconocido. Por lo menos, todavía no.

Bajó por la calle empinada hacia el Mercado Hidalgo, la antigua y florida estación de ferrocarril convertida en el único mercado interior del pueblo, dio la vuelta a la derecha y se encaminó en dirección al Parador de San Javier, una hermosa hacienda antigua que se había convertido en hotel alrededor de 1930. El padre de su mejor amigo había sido el dueño, y esperaba que David estuviera ahora a cargo del negocio.

Al pasar por la Calle Alhóndiga, notó muy pocos cambios en la vieja ciudad, ni siquiera en las afueras. Manejando por todos lados más temprano, se había desorientado en algunas de las nuevas calles subterráneas que obviamente habían sido construidas durante su larga ausencia, pero en la superficie, nada había cambiado.

Al final de la calle, vio el Parador. Estaba exactamente como lo recordaba. Metiéndose por la entrada circular, un valet se puso de pie de un salto, y dio la vuelta a la camioneta para abrir la puerta de Miguel.

—¿Va a registrarse en el Parador? —preguntó, mirando la lujosa camioneta deportiva, probablemente pensando que este rico anglo en particular dejaría buenas propinas.

—Espero que sí, si hay cuartos disponibles.

El valet pareció sorprenderse al oír que Miguel hablaba español, y más sorprendido aún al darse cuenta de que lo hablaba con el acento local.

—Creo que hay cuartos —ofreció—, ¿desea que estacione su vehículo y que le traiga su equipaje?

—Lo único que necesito es la mochila negra de piel —dijo Miguel al deslizarse del asiento del conductor sin molestarse en apagar el motor.

Mientras el valet se alejaba en la camioneta, Miguel entró a la recepción.

Después de ver que podiá tomar una suite en la planta baja con vista al jardín, decidió registrarse rápidamente. Una vez registrado, preguntó por su viejo amigo.

—¿Siguen siendo dueños del hotel los Gutiérrez?— preguntó—. David es un viejo amigo mío, y me gustaría volver a verlo.

El gerente negó con la cabeza.

—No, señor —respondió—. Lo vendieron hace muchos años. Pero puede ser que todavía vivan en el pueblo. ¿Le gustaría que trate yo de localizarlos?

—Sí. Sería muy amable de su parte.

—No es ninguna molestia, señor. Es un gusto servirle.

Dando las gracias al hombre, Miguel tomó la llave y pidió que el valet llevara su mochila a su cuarto.

Al caminar por el jardín para llegar a su suite, vio a su derredor, suspirando. Nada había cambiado en el viejo recinto, a pesar de la nueva administración. Todavía era como tomar un viaje al pasado. Por restaurada que estuviera, la hacienda seguía esencialmente igual como cuatrocientos años antes, con los originales y magníficos muros de cantera, los patios, las fuentes y los jardines.

Al final del jardín principal, encontró su cuarto, y abrió la puerta. Al entrar, se asombró al ver que había una cómoda sala de estar con chimenea, y una recámara separada con una cama tamaño regio, vestidor y enorme baño con jacuzi. Cerrando la puerta, miró cuidadosamente la tarjeta de tarifas puesta sobre el reverso de la puerta, pensando que seguramente habría entendido mal al gerente. Pero había entendido perfectamente. Esta suite le estaba costando menos que un cuarto sencillo en el Holiday Inn en New Bern.

Lo primero que hizo fue sentarse a leer el directorio telefónico local, pero no pudo encontrar registrado ni a su viejo amigo ni a nadie que recordara de la familia de David. El valet llamó para avisar que no había tenido suerte para encontrar a David. Suspirando, regresó el directorio a su lugar. Tendría que solucionar las cosas por sí mismo. Mirando por la ventana de su cuarto, se le ocurrió una idea.

* * *

Después de una cena ligera en el comedor del hotel, Miguel salió resuelto a lograr lo que había venido a hacer. Manejando al centro del pueblo, estacionó su camioneta en la calle subterránea más cercana al Teatro Juárez, esperando que Gina hubiera permanecido en casa esta noche, y que no se la encontrara en el Jardín de la Unión, la plaza del pueblo. Al subir las escaleras desde el lecho del viejo río convertido en calle subterránea, salió directamente frente a la plaza. Atravesando la Avenida Sopeña, encontró un banco en el jardín, y se sentó, observando a los guanajuatenses que disfrutaban de la noche; algunos en los restaurantes interiores o al aire libre que rodeaban la plaza, otros sentados sobre la escalinata del Teatro Juárez, un magnífico teatro hecho en el casco de un viejo convento durante el reinado de Maximiliano en México. La escalinata principal siempre había sido el lugar preferido de los jóvenes para reunirse, muchas veces cantando acompañados por las dulces cuerdas de los instrumentos de las estudiantinas.

Miguel contaba con ello esta noche. Estaba resuelto a juntarse a una callejoneada con una estudiantina, y había comprado varias botellas de vino para llenar sus botas, esperando poder inspirar un poco de apoyo del grupo al serpentear por los estrechos callejones de Guanajuato. Si lograba conseguir suficiente apoyo, podría llegar a convencerlos de que lo acompañaran a llevar serenata a la casa de Gina, en la mejor de las tradiciones provincianas.

En Guanajuato, uno no podía simplemente salir a contratar a una estudiantina para llevar una serenata a la novia. Para las estudiantinas, era cuestión de honor y tradición, y aunque no se opusieran a aceptar una buena propina tras mostrar sus talentos, tenían que hacerlo por que les nacía, por considerar que el propósito de la serenata era ayudar a alguien.

Después de poco tiempo, vio a un grupo de los cantantes uniformados con el atuendo de la Corte Real de España del siglo diecisiete, con sus medias largas color de oro llegando justo a donde terminaban sus pantalones abombachados, justo abajo de la rodilla. Los sacos sastres estaban entallados al nivel de la cintura, y los sombreros servían de coronas para el cabello largo o las colas de caballo.

Miguel notó que la mayoría de ellos habían tomado bastantes copas, habiendo probablemente acabado de cantar en algún hotel esa noche.

Poniéndose de pie, atravesó hacia el teatro, y se acercó a uno de los cantantes.

—¿Dónde empieza la callejoneada esta noche? —preguntó, mostrando una botella de vino sin abrir en la mano.

El joven uniformado miró anhelante al vino, pero se encogió de hombros.

—Es demasiado tarde para callejoneadas esta noche. Nada más nos dejan llevarlas después de las once de la noche en fin de semana, con excepción de la Semana Santa y el Festival Cervantino —se encogió de hombros de nuevo—. Ni modo —agregó.

Miguel no pudo ocultar su desilusión, tratando de pensar en otra cosa que hacer, miró al suelo. El joven lo miró con expresión de pregunta silenciosa. Sus ojos recorrieron desde la cara de Miguel hacia la botella de vino —un buen vino, por cierto— y de nuevo a la cara de Miguel.

—¿Problemas con la novia? —preguntó, sonriendo con demasiada sabiduría para su corta edad, pensó Miguel.

—Graves problemas con la novia. Tan graves, que he manejado casi cuatro mil kilómetros para tratar de hacer las paces.

El cantante silbó. —Tienes que haber hecho algo imperdonable.

—Peor que imperdonable. Impensable —dijo Miguel con un destello de esperanza volviendo a sus ojos.

—¿Y en dónde vive tu novia? —el joven, quien no podía tener más de dieciséis o diecisiete años, preguntó a Miguel. Estaba sonriendo ahora, y parecía estar sinceramente interesado.

—Allá arriba de Pocitos en el Callejón del Chilito.

El joven levantó el mentón, mirando hacia el cielo, como si pensara detenidamente.

—Hmmm... —dijo—, ¿En Chilito? Yo sólo conozco un par de niñas de preparatoria, y tú no me pareces el tipo de hombre que andaría con niñas de prepa, y la única otra soltera que conozco por ahí es la Maestra Ramón. No sería ella, ¿verdad?

Miguel estaba asombrado por los conocimientos del joven, pero luego recordó que era un pueblo chico, y todo el mundo conocía a todo el mundo.

—Así es —contestó, mirando directamente a los ojos del cantante—. ¿Me ayudarás?

—¿Para la maestra de tercer año de primaria de mi hermanito? —sonrió—. Por supuesto que sí —rió—. Espera aquí unos momentos y conseguiré que nos acompañen otros tantos —dijo al alejarse, pero luego se volvió hacia Miguel—. Si nos cae la policía, tú vas a pagar la multa. ¿Trato hecho?

—Trato hecho —suspirando con alivio, Miguel se desplomó sobre la escalinata del teatro, apoyándose contra uno de los pilares. Mirando hacia el techo del hermoso edificio antiguo, saludó en silencio a las siete musas que estaban posando ahí para inspirar al talento joven. Luego sonrió a los leones de bronce que siempre habían estado posados sobre unos pilares en frente del teatro.

Los leones rugían cada vez que pasaba una virgen, decían los guanajuatenses, agregando, siempre con una risa, que esos leones no habían rugido en años.

Miguel se rió solo, recordando todas las anécdotas, los cuentos, las bromas del pueblo y las leyendas de su pueblo natal. Muchas veces había extrañado todo ello, pero nunca antes como lo extrañaba en este preciso momento, habiendo regresado a casa por primera vez desde que su vida se había desbaratado tantísimos años antes.

Después de unos cuantos minutos, el joven había regresado con seis juglares más, todos portando el mismo atuendo. Todos parecían tener la misma edad.

Poniéndose de pie para presentarse a ellos, todos correspondieron. Los otros dos también tenían hermanos que eran o habían sido alumnos de Gina, pero todos la conocían, confesando que estaban encantados de acompañarlo a darle una serenata.

Abriendo la botella de vino para llenar las botas que los jóvenes extendieron hacia él, en la antigua tradición de las estudiantinas, Miguel ceremoniosamente llenó cada bota, e hizo una seña para que lo siguieran al otro lado de la calle, al jardín donde había dejado una bolsa con varias botellas más de vino y su propia bota, que había comprado en la tienda de curiosidades del hotel más temprano.

Una vez llenas sus botas, Miguel ofreció llevarlos en la camioneta más cerca de la casa de Gina, pero ellos se rieron, diciendo que era un flojo, y que en Guanajuato había que caminar.

Al deambular por los pasajes interiores que los llevaría a la casa de Gina, Miguel encontró casas y empresas que reconocía, y casi podía oír las voces de su infancia. Al acercarse a la Plaza del Baratillo, oyó el familiar sonido del silbato de vapor de la carreta del camotero, y casi pudo saborear sus dulces favoritos de la infancia, camotes y plátanos machos al vapor bañados en jarabe de piloncillo. Pero al dar la vuelta para entrar a la plaza, el camotero habían seguido su recorrido por otro pasaje, empujando su carreta de vapor delante de él.

Cuando llegaron por fin al fondo del pasaje y ya parados delante de la puerta de Gina, pasaban de las diez de la noche. Miguel estaba seguro de que toda la familia estaría acostada... Momento ideal para una serenata.

Después de largos tragos de vino de sus botas, la estudiantina empezó la serenata con *Amémonos*. Miguel cantó con ellos, pero en voz baja, porque no tenía confianza alguna en su voz. Su madre, que en paz descanse, había sido la única persona que jamás le había dicho que tenía buena voz, así que tenía que ser cauteloso.

Al despertar Gina con las dulces cuerdas de las guitarras y mandolinas, silenciosamente se levantó, estirándose, y se asomó por la cortina, tratando de ver a cuál de las chicas vecinas le habían llevado una serenata. Todavía medio dormida, se frotó los ojos, y se fijó en un hombre alto y rubio, pensando para sí misma que era idéntico a Miguel. La idea la deprimió, y empezó a volver a la cama; cuando de repente miró otra vez por la ventana, se puso a jadear.

¡Era Miguel! *¡Dios mío!* pensó. *¡Lo matará mi papá!* Ahora totalmente despierta, su mente corría tan rápido como su corazón. Tenía que hacer algo para ahuyentarlo. Su padre era capaz de lastimarlo, o hasta de matar al hombre que había traído tanta vergüenza al apellido de su familia.

Se le ocurrió un plan. Si su padre se despertaba, su primer instinto sería ver hacia el balcón de ella, que alcanzaba a ver desde la ventana de su recámara en el primer piso. Siempre y cuando ella no prendiera la luz, ni diera señas de reconocer que la serenata era para ella, su padre probablemente pensaría, como lo había hecho ella al principio, que le estaban dando una serenata a alguna de las chicas de la vecindad.

Sin embargo, pensó ella, si no agradecía la serenata de algún modo, Miguel se sentiría rechazado, y se iría, y ella no podría soportar eso. A pesar de estar lastimada y enojada porque él no se había puesto en contacto con ella durante todas esas semanas, consideraba que él merecía la oportunidad de explicarse. ¿Pero cómo?

De repente, se le ocurrió una idea. Tomó una pluma y un cuaderno, salió hasta el jardín de la azotea, y a la luz de la luna, escribió una notita: "Peregrinaje mañana por la noche al Monumento de Cristo. Nos veremos en La Luz, por la antigua escuela a las once de la noche. Te amo, Gina." Se sentó un momento mirando la nota, y empezó a cambiarla y re-escribiéndola para no incluir la parte en que le decía que lo amaba, pero la estudiantina ya estaba tocando *Las Golondrinas;* la canción de las despedidas finales, y sabía que ya se iría muy pronto, sintiéndose rechazado. Agarrando la nota y doblándola, rezó por que pudiera despertar al hijito del ama de llaves sin despertar a su madre, ni tampoco al resto de los ocupantes de la casa.

Al otro extremo de la azotea, atrás de la huerta de verduras de su hermano, estaban los cuartos del ama de llaves. Probó la manecilla de la puerta, afortunadamente no estaba cerrada con llave, y entró silenciosamente, sin hacer un solo ruido. Al acostumbrarse sus ojos a la obscuridad casi total, vio la cama del chiquillo en el rincón derecho de la sala de estar.

Atravesando hasta un costado de la cama del chico, se puso en cuclillas, suavemente tocando su hombro.

—¡Manuelito! ¡Despiértate! —dijo ella, y se abrieron los ojos del niño, al principio perezosamente, luego del todo al mirar a Gina.

—¿Qué sucede? —preguntó.

—Nada, hijito. Nada más necesito que me hagas un favor —dijo ella. El chiquillo de nueve años puso los ojos en blanco, y ella explicó—. Mi novio de los Estados Unidos está allá afuera con una estudiantina. Me trajeron una serenata. Pero no puedo ni prender la luz ni salir al balcón, porque si mi padre se entera que está aquí Miguel, ¡lo matará!

Extendiendo la mano con la nota, suplicó al niño:

—Por favor, Manuelito, ¿puedes llevar esta nota a la puerta principal para dársela? ¿Sin hacer ruido? Tengo que hacérsela llegar.

Los ojos del chico brillaban al saltar de la cama.

—Shhh... —dijo ella—. ¡No despiertes a tu madre!

—¡Mi madre jamás se despierta! —dijo él en un tono normal de voz, señalando con la mano hacia la alcoba más allá del arco—. ¿Ves? —poniéndose una bata, aceptó el papelito de la mano de Gina—. ¿Cuál es él? ¿Cómo sabré a quién entregar esto? —preguntó.

—Es alto y rubio, su nombre es Miguel, y es el único que no trae el uniforme de la estudiantina. Ahora, ¡apúrate! ¡Están terminando la última canción!

Al correr el muchacho en camino a la puerta principal, Gina regresó a su cuarto para asomarse por la cortina de nuevo. La estudiantina había dejado de tocar y cantar, y pudo ver que Miguel les entregaba algo a cada uno de ellos. *¡Probablemente dinero!* pensó para sí misma. Al voltearse para alejarse, Gina jadeó. —¡No te vayas! —susurró. Miguel volteó y miró en dirección del balcón, como si la hubiera oído.

Justo entonces, ella vio que se abría la puerta principal un poco, y el brazo de Manuelito salió rápidamente por la puerta entreabierta, la nota en su mano. Miguel dio un paso rápidamente hacia adelante, y agarró la nota. En silencio, se cerró la puerta.

Con una pequeña lamparita que tenía en el llavero, Miguel leyó la nota y sonrió. *¡Conste que traté de hacer bien las cosas!* pensó.

Al volverse para bajar por el callejón, tenía la frente alta, y su paso se había vuelto ligero.

Capítulo Ocho

Gina apenas pudo dar sus clases el viernes. Emocionada y nerviosa, le costaba mucho trabajo concentrarse en las lecciones. Para las primeras horas de la tarde, se había dado por vencida. Después de equivocarse con los nombres de dos de sus alumnos, decidió que más valía hacer un día de fiesta para los niños, y sacó unos cassettes de su cajón.

Colocó uno de ellos en una grabadora portátil, y la prendió anunciando que dado que era viernes, y como premio por haberse portado muy bien toda la semana, todos podrían pasar el resto de la tarde escuchando a Peter Pan, en inglés por supuesto.

Los niños se juntaron en un círculo como siempre lo hacían a la hora de los cuentos. Gina se sentó en una de las pequeñas sillas, apoyándose contra la pared. Mirando al espacio, planeó cada paso a tomar esa noche.

El Monumento de Cristo en el Cerro del Cubilete, no sólo marcaba el centro geográfico del país, sino que era tradición de todos los guanajuatenses hacer los peregrinajes, recorriendo los treinta y tantos kilómetros a pie, subiendo por los cerros llenos de minas que rodeaban el pueblo; dando la vuelta alrededor de la presa para finalmente trepar el Cerro del Cubilete, en cuya cima se encontraba el Monumento del Cristo. Una estructura enorme que se veía a muchos kilómetros a la redonda... un alto guardián espiritual que cuidaba de las almas de los fieles.

Los padres de Gina habían dejado de hacer los peregrinajes hacía unos años, así que ella no se preocupaba por ellos. Sin embargo, no tenía duda alguna de que su hermano menor la iba a acompañar, y tendría que buscar la manera de escaparse de él.

Jorge, su hermano, cuatro años menor que Gina, siempre había sido de su confianza, pero ella no había podido hablar de Miguel ni siquiera con él, quién estaba tan furioso como su padre por la deportación, tratándola como exiliada de su propia familia.

Durante los últimos días, sin embargo, él se había comportado como antes, y ella esperaba que esa noche volviera a ser el hermano de siempre, alegre y divertido. Jorge le dijo que había invitado a una novia a acompañarlos, y Gina esperaba gracias a eso la oportunidad de huir para llegar al viejo pueblo fantasma de La Luz, donde pensaba esperar a Miguel a las once.

Ella calculaba que peregrinarían una doscientas personas y dudaba mucho de que Jorge reconociera a Miguel si se encontraban cara a cara. Jorge tenía apenas doce años cuando Miguel se había ido de Guanajuato. Además, cuando Jorge notara que Gina no estaba con él, ella ya estaría a mitad de camino de dondequiera que fuera a ir con Miguel.

A ella no le importaba a dónde ir. Siempre cargaba una mochila cuando hacía el peregrinaje, ahí llevaba tortas, una botella de vino, quesos y unas cuantas botellas de agua. Hoy en la noche su mochila tendría otro contenido aparte del agua, necesaria para hacer la dura escalada, incluso para llegar hasta la mitad del camino. Tendría muy poco tiempo en casa para escoger sólo las cosas más importantes para llevarse. Había sacado todo su dinero del banco esa mañana en camino a la escuela, y cuidadosamente guardado sus ahorros —unos escasos veinte mil pesos— en el fondo de su mochila antes de empacar las pocas pertenencias personales que le cabían.

De repente, el pánico se apoderó de ella. *¿Qué pasará si vino nada más que para disculparse conmigo, y no tiene intención de llevarme con él?* pensó, pero luego se tranquilizó. Confiaba en Miguel. Sabía que había venido por ella, y estaba dispuesta a irse de su casa, alejarse de su pueblo, y sobretodo de su familia. Lo más extraño era que se había dado cuenta de que a los únicos que realmente echaría de menos, después de semanas enteras de ser repudiada por todos, era a los niños y a las monjas de la escuela, que habían sido más comprensivos y cariñosos que su propia familia.

Al observar las caras inocentes de sus alumnos que se asustaban y reían al escuchar las discusiones entre el Capitán Garfio y Campanita, los ojos se le llenaron con lágrimas, que desaparecieron ante la idea de volver a estar entre los brazos de Miguel.

El día había pasado rápidamente para Miguel. Anduvo ocupado todo el tiempo comprando lo que necesitaría para el peregrinaje esa noche.

Primero, fue al Mercado Hidalgo, recordando que su padre siempre había insistido en que si algo no se vendía en el Mercado Hidalgo, probablemente no valía la pena comprarlo.

Al entrar, se detuvo en el primer puesto para comprar un enorme morral de plástico que le recordó cómo cuando niño acompañaba a la cocinera al mercado para ayudarla a traer sus compras a casa, y él cargaba el mismo tipo de morral para hacer los mandados. Se fijó en una sección que tenía todos los dulces típicos de la región, se detuvo a comprar regalos para la familia: cajetas en cajitas de madera para Mickey, Laura, María y Margarita, y un surtido de dulces para todos los empleados de La Cantina de Miguel.

Al recorrer el mercado, en menos de una hora había conseguido botas de excursión, un pasamontañas para el frío y una chamarra ligera. Una vez terminados sus compras, se paró en un puesto de jugos, para pedir un vaso grande de jugo de zanahoria, con la esperanza de que eso fuese suficiente hasta la noche, cuando se reuniría de nuevo con Gina en el pueblo fantasma. Sentía como si su estómago se le hubiera dado vuelta desde que había recibido la nota de Gina. No había podido comer ni un bocado desde entonces. Cada vez que lo intentaba, lo que se llevara a la boca parecía convertirse en una gigantesca bola en la parte inferior de su paladar, y no había podido tragar nada. Contento con su jugo de zanahoria, se detuvo en un puesto de productos naturales para comprar una caja de barras de energía, por si la necesitaban al bajar de la montaña después de encontrarse en La Luz. Regresó a la panadería a comprar bolillos, y luego pasó a la cremería para comprar un buen queso fresco de leche de cabra. En camino de vuelta al hotel, compraría una botella de buen vino para la cena de campo que quería preparar para Gina.

Sin quedar nada por hacer, vio que apenas eran las dos de la tarde, y regresó a su camioneta. Colocó sus compras en la parte trasera y decidió volver al hotel, pensando que podría pasar el resto de la tarde organizando sus preparativos para la noche.

Paseando una última vez por su pueblo natal, se metió a la calle subterránea, admirando los túneles de piedra al pasar. En medio de esos túneles había altos muros de cantera, con balcones y jardines de los edificios en la superficie, sus sombras dibujando formas extrañas sobre la calle. De repente recordó su miedo cuando niño al ver las formas macabras que tomaban las sombras dibujadas en las calles. Al salir del subterráneo, vio los edificios familiares y el pequeño mercado del Jardín de los Embajadores, que seguía en camino a la Presa de la Olla, la calle colmada de mansiones coloniales, alguna vez quizas residencias de las embajadas extranjeras cuando Guanajuato fue sede del gobierno federal a finales de la década de 1850. Subiendo por la calle hacia La Presa, vio la vieja casa de sus padres, y sintió punzadas de nostalgia. Acelerando, enfocó su atención en el Palacio de Gobierno, a su derecha, y la presa a su izquierda. Al llegar al final de la presa, estacionó la camioneta, y bajó las escaleras al Embarcadero, una cafetería al aire libre a la orilla del agua con una pequeña marina donde él y sus amigos alguna vez solían alquilar botes de remo y de canalete durante las calurosas tardes de verano, para recostarse en medio del lago mientras tomaban limonadas heladas. Se sentó en una silla metálica frente a una de las mesas cerca del agua, y un jovencito se acercó para tomarle el pedido. Pidió una cerveza Tres Equis, y se acomodó contra el respaldo de su silla para dejarse llevar por recuerdos nostálgicos. Viendo hacia el otro extremo del lago, estudió la casa de su infancia, apenas visible a través de los grandes árboles. Los nuevos residentes habían pintado la casa de un color verde sucio, que no le gustaba en lo más mínimo, y cerró sus ojos. Con su imaginación, quiso ver la casa como siempre había sido, siempre blanca, con la escalinata de mármol color rosa y pilares brillando contra el rojo obscuro del techo de tejas. Alguna vez había sido cede de la Embajada Italiana, y sus padres siempre habían mantenido la mansión restaurada, pero no modernizada. Una mansión de veintisiete cuartos, toda un ala siempre se había usado para las oficinas de su padre, desde donde había administrado las Minas López Torres, empresa que había estado en la familia durante varias generaciones. Volteándose en su silla una vez que el mesero había traído su cerveza, miró por los cerros hacia las viejas minas, preguntándose si todavía las trabajaban. Había oído en alguna parte que habían sido compradas por una empresa multinacional en la década de los setenta, dejando el control en manos del fideicomiso familiar, pero jamás se había puesto al día sobre las minas. Lo único que sabía era que producían un fuerte ingreso que mantenía varias fabricas caseras por medio del fideicomiso que su padre había fundado treinta años antes, pero aparte de los papeles que le enviaban una vez al año para su firma; no le había prestado mucha atención al asunto de las minas.

Sabía por las cifras que veía en los papeles que siempre firmaba que tenía una verdadera fortuna en México y que poseía gran cantidad de propiedades. Sin embargo, a pesar de que el fideicomiso pagara toda su educación, inclusive sus estudios de posgrado, enviando cheques sustanciosos cada vez que pedía dinero durante sus años de vagabundo por todo Europa y Sudamérica, desde que había abierto La Cantina de Miguel no había sacado ni un centavo del fondo. Siempre había sabido que el dinero estaba ahí, pero sentía que era mayor su satisfacción al mantenerse con su propio negocio.

Entrecerrando los ojos por el fuerte sol, por fin pudo vislumbrar el viejo camino que subía por la montaña a las minas. Nada más que ya no era de tierra, sino pavimentado. Al terminar su cerveza, tiró un billete de cincuenta pesos sobre la mesa y regresó a la camioneta, preguntándose si el vehículo tendría suficiente potencia para lograr la subida peligrosa.

Al meterse por el camino asfaltado marcado con letreros advirtiendo que estaba prohibido el paso, vio la hora en su reloj. Todavía temprano, decidió seguir adelante, notando asombrado que muchas de las curvas del viejo camino serpenteado habían sido transformados en túneles y puentes sobre las barrancas de la montaña. En menos de quince minutos estaba en la entrada de los muros de la empresa minera, viaje que siempre había tomado por lo menos una hora en el viejo jeep de su padre.

Estacionando la camioneta en un lugar marcado para visitantes, abrió la portezuela del vehículo y bajó inmediatamente notando que la reja principal estaba abierta.

Al entrar, se detuvo para ver a su derredor. Se le acercó un viejo, sonriendo.

—Bienvenido, señor —saludó cálidamente a Miguel—. ¿En qué puedo servirle?

Miguel titubeó, pero estudió la expresión del viejo, y se sintió extrañamente cómodo en su presencia.

—Buenas tardes —saludó, estrechando la mano extendida del viejo—. Mucho gusto, soy Miguel López Garza, y esta mina alguna vez fue de mi padre —explicó.

Los ojos del anciano se abrieron enormemente, y su sonrisa se volvió aún más cálida, sus ojos recorrieron a Miguel de pies a cabeza.

—Dios mío... ¿eres Miguelito? —preguntó, llevándose a Miguel hacia él, abrazándolo y dándole palmaditas en la espalda—. ¡Miguelito! ¡Hace tanto que no nos vemos! ¿No te acuerdas de mi? —preguntó. Notando la expresión confundida en la cara de Miguel, continuó—: Soy Francisco Rojas, el administrador de tu padre. Y, que yo sepa, ahora son tuyas estas minas —exclamó, observando la expresión de Miguel que cambiaba de la confusión al reconocimiento.

—Por supuesto que lo recuerdo, don Paco —titubeó. Por supuesto que el hombre le había parecido conocido. Había paseado sobre los hombros del señor de chiquillo, cuando el viejo lo llevaría a las minas para aprender de la minería de plata y oro. También había sido él quien se había encargado de todo cuando murieron sus padres, y hasta había ayudado a Miguel a cerrar la casa cuando lo habían llevado a los Estados Unidos.

Era como si hubiera borrado de su memoria una parte íntegra de su vida, pero ahora —poco a poco— estaba recordando. Lo más extraño era que ya no le dolía recordar.

Soltando a Miguel, estudió su cara detenidamente.

—¿Y cómo te ha tratado la vida en Gringolandia? —preguntó—. Te ves bien... de hecho, te pareces tanto a tu padre que debería haberte reconocido inmediatamente.

—Bueno, supongo que la vida me ha tratado bastante bien —contestó Miguel titubeante—, aunque parece que me encuentro justo en donde empecé, ¿verdad? —agregó, mirando alrededor del patio de la mina—. ¿Sigue activa la mina?

—Absolutamente —respondió el administrador—. Nada ha cambiado mucho, aparte de más tiros, donde se movió la veta, más mineros y mejor equipo. Aparte de eso, todo está más o menos igual —explicó, luego se enterneció al observar la cara de Miguel.

—¿Te vas a quedar aquí a vivir? Las oficinas de la mina ya están aquí arriba, y tengo entendido que la casa de tus padres la usan nada más de vez en cuando para hospedar a los socios extranjeros cuando vienen. ¿Vas a vivir ahí de nuevo?

Jamás se le había ocurrido siquiera a Miguel. ¡Por supuesto que la casa era suya! Como hijo único, la casa, su parte de la mina, la cabaña... ¡todo era suyo! Y últimamente, había sido totalmente negligente en la supervisión de sus intereses en Guanajuato, dejando todo en manos del administrador del fideicomiso, apenas fijándose en lo que habían hecho durante trece años.

Igual como había olvidado momentáneamente a Paco Rojas, también había olvidado una parte principal e íntegra de su ser durante todos esos años, probablemente —empezaba a pensar— porque era demasiado doloroso recordarlo. Sin embargo, volver a ver después de tantos años al hombre que había sido el brazo derecho de su padre le había devuelto la memoria. Ahora estaba dispuesto y resuelto a reconciliarse con su pasado.

—No, realmente ni he visto el lugar. Me quedé allá en la cabaña la primera noche al llegar al pueblo, y vi a don Marcelino ahí. Parece que tiene todo bajo control —frotándose el mentón con la mano, miró hacia el pueblo en la distancia—. De verdad, la cabaña es lo único con que he tenido que ver durante todos estos años. Todo lo demás, lo ha administrado el fideicomiso. A decir verdad, ni siquiera he pensado en los negocios de aquí, y me avergüenza admitir que... —agregó, dándose cuenta repentinamente de que ahora él, de algún modo extraño, sería el jefe de este hombre, y abiertamente estaba admitiendo que no había pensado en él, ni en el trabajo de toda su vida, ni una sola vez durante todos esos años. Se sentía avergonzado de repente, y juró a sí mismo que de ahí en adelante iba a mostrar mayor interés en sus asuntos de Guanajuato.

—Todos comprendimos perfectamente, Miguelito —el hombre dijo cálidamente—. Eras sólo un chiquillo cuando sucedió todo, y habría sido imposible que comprendieras las responsabilidades que te habían dejado como herencia. Por eso tu padre y yo arreglamos las cosas con los administradores, para que todo se manejara por ti mientras llegaba el día en que pudieras regresar, ¡para tomar tu lugar para ti y para tu propio hijo algún día! —dijo, observando detenidamente la cara de Miguel en busca de alguna reacción.

Miguel se tensó ante el mero pensamiento. Apenas comenzaba a recordar tantas cosas, y tantas gentes que habían sido importantes durante su juventud;

no estaba listo para pensar en regresar. La idea le dió escalofríos.

Bueno —dijo, forzando una sonrisa—, creo que los administradores están haciendo una excelente labor, ¡y mi papá siempre decía que uno no debía cambiar la perfección! —forzó una risa, pero notó que el anciano no se rió con él—. A decir verdad, jamás había considerado siquiera la posibilidad de regresar hasta que usted lo dijo hace un momento. De verdad, el simple verlo me ha devuelto una mar de recuerdos que supongo que he evitado durante mucho tiempo. No estoy seguro... —no supo como terminar la frase.

Don Paco le dio una palmadita en la espalda de manera comprensiva, y finalmente se rió, una risa gutural que sorprendió a Miguel.

—Hasta tartamudeas y das vueltas a los asuntos igual como lo hacía tu padre —se rió—. Pero nadie quiere presionarte ni mucho menos, así que relájate —levantando la mano de Miguel, recorrió su suave palma con sus dedos—. Además, se nota que no tienes tipo de minero —sonrió ampliamente.

Miguel le habló de su restaurante, lo que pareció agradarle al anciano. Antes de que Miguel se diera cuenta de lo que hacía, se encontró sentado sobre una antigua carreta de mineral con el mejor amigo de su padre, contándole todos sus problemas; la situación con Gina, su viaje de tres días para volver a verla, y sus planes de encontrarse con ella en el pueblo fantasma esa noche. Sintió casi como si estuviera hablando con su padre; le pareció que al abrir su corazón a este anciano, su vida entera se arreglaría.

El anciano escuchó atentamente, pensando en lo que le había dicho el padre de Miguel tantas veces. La minería era una profesión peligrosa, y si algo le llegaba a suceder en las minas, quería Paco se hiciese cargo de su esposa e hijo. Sonriendo al joven, estaba agradecido por la oportunidad de por lo menos intentar cumplir su promesa y por la oportunidad de ver a su ahijado después de tanto tiempo. Quería ayudarle, pero no sabía como, siendo padre de cinco hijas. Tenía poca experiencia aconsejando a hombres.

Al llegar Miguel al final del relato, don Paco lo observó detenidamente, escogiendo cuidadosamente sus palabras, y finalmente habló:

—Ahijado, creo que lo que sucede contigo es bastante claro. Cuando viste de nuevo a Gina en Carolina del Norte, te trajo a casa —Miguel mostró confusión, así que explicó—: Gina te hizo empezar a recordar quién eres, y todo lo que dejaste en Guanajuato. Cuando te la quitaron tan repentinamente, era natural que estuvieras devastado, ya que te alejaban no sólo de Gina sino de tu vínculo con todo esto —dijo, meneando la mano en dirección de la mina, y luego sobre el valle en la distancia.

—¿Dijo ahijado? —preguntó Miguel, con tono sorprendido—. ¿Es usted mi padrino? Le he preguntado muchas veces a mi tía Laura, pero me dijo que no conocía a mis padrinos.

Dándole una palmadita en la rodilla, don Paco asintió con la cabeza.

—Sí, ahijado. Felipa y yo somos tus padrinos, y estuvimos dispuestos, preparados y resueltos a hacernos cargo de ti cuando murieron tus papás.

—¿Y por qué no lo hicieron? —preguntó Miguel repentinamente enojado por haber sido sacado de su pueblo natal e insertado en un país y en una vida que no eran suyos.

—Porque tuviste una depresión tan grande cuando murieron tus padres, que nadie podía llegarte. La única persona que parecía poder hablar contigo era la hermana de tu madre, Laura. Ella insistió en que sería mejor sacarte de aquí, de la casa, y llevarte lejos de todo.

—Así que ¿nada más me llevó a los Estados Unidos? —Miguel no pudo recordar nada respecto a esos momentos de su vida. Era obvio que lo había borrado de su consciencia como autodefensa para evitar tanto dolor.

—Supongo que puedes decir eso —respondió don Paco—, aunque al principio, nada más iba a ser durante un verano. Se suponía que ibas a regresar en el otoño para terminar la preparatoria aquí... pero lo próximo que supimos Felipa y yo, tu tía Laura escribió para avisarnos que querías permanecer en los Estados Unidos, y que te había registrado en no sé qué internado elegante para tu último año. Dijo que cursar el último año de preparatoria en los Estados Unidos te facilitaría la aceptación en una buena universidad.

Miguel ya empezaba a recordarlo todo. Meneó la cabeza, había tantas cosas que ya comprendía. Empezaba a comprender sus propias actitudes como estudiante de preparatoria, y luego de universidad, peor aún, su comportamiento tan terrible en cuanto a las mujeres.

Como un árbol arrancado de raíz por un tornado, había girado sin rumbo a través del ciclón de su vida, sin bases en las que pudiera distinguir el bien del mal. Hasta que Gina había regresado a su vida. Desde el momento en que ella había entrado a La Cantina de Miguel, le había regalado lo más hermoso que pudiera recibir de cualquier otro ser... su esencia perdida, sus orígenes, y su pasado, lo había vuelto a recuperar, gracias a ella. Y gracias al padrino de que ahora había sacado a relucir todo claramente.

Miró en dirección de la Bufa, la famosa formación rocosa en forma de rana en la distancia; ya sabía lo que tenía que hacer, y a dónde lo llevaría la vida. El nuevo Miguel había echado unas raíces en New Bern, pero no volvería jamás a olvidar su hogar natal. Lo haría parte integral de su vida. ¿Cómo no hacerlo? Si ya era para siempre parte de su ser.

Dándose cuenta de repente de que el sol se ponía, se puso de pie, ansioso por empezar la caminata al viejo pueblo minero donde encontraría a Gina.

Ayudando al anciano a levantarse, no encontraba palabras para expresar cuánto había significado para él esa conversación.

—Padrino... —empezó, y vio que al viejo se le humedecían los ojos al oír que se refería a él como padrino—. No puedo ni decirte la importancia que tuvo esta charla.

—No necesitas decirlo, ahijado. Lo fue para mi también. Casi como si tuviera treinta años menos, y estuviera conversando con tu padre. Fue un buen hombre, Miguel, y te pareces tanto a él —dijo con una sonrisa cálida. Sosteniendo a Miguel por un codo, lo volteó hacia el valle en la distancia.

—Ahora bien. Igual como ha cambiado este lugar, hubo cambios allá en las minas de La Valenciana también. Déjame enseñarte.

Rápidamente le explicó cómo dar la vuelta a la vieja mina española en el cerro del otro extremo del pueblo, explicando que ya existía un camino bastante bueno que rodeaba a la otra presa principal, y que ahora se extendía como camino de servicio en dirección del Cubilete, en donde podía alcanzar a llegar a la mitad del camino al pueblo donde encontraría a Gina.

—Y —concluyó—, es mucho más ancho que el camino principal al Cristo, y además, ese caminó estará cerrado por lo del peregrinaje.

Miguel se quedó asombrado. El área que describía su padrino siempre había sido accesible sólo a pie, y todos lo habían esquivado por tantos cuentos de mineros fantasmas que protegían sus tesoros de los invasores españoles. Sin embargo, esto facilitaría mucho las cosas esta noche, pensó, dado que al tener la camioneta tan cerca del viejo pueblo minero, podrían escaparse mucho más rápido y fácilmente.

Al acompañar a su ahijado a su camioneta, el padrino le advirtió, una vez más, de manera paternal.

—Antes de irte, espera aquí un momento —dijo, entrando de prisa de nuevo al complejo, regresando un momento después con una gran linterna—. Toma. Lleva esto contigo. La Luz todavía tiene tiros abiertos y derrumbes, y nunca sabes donde pudo haberse abierto otro tiro en trece años, desde la última vez que estuviste ahí. Esta linterna tiene pila nueva, y te dará unas cinco horas de luz, aunque no la necesites.

Aceptó agradecido la linterna, ya que nada más contaba con una pequeña lámpara de mano en la camioneta, Miguel abrazó al viejo, dándole las gracias por todo.

—Y regresaré, Padrino —prometió—. Éste es mi hogar, y también el de Gina. Haremos que sea tan parte de la vida de nuestros hijos como Carolina del Norte.

Mientras el anciano asentía con la cabeza, Miguel abrió la portezuela de la camioneta y subió. Abriendo la ventanilla, se asomó.

—Y por favor, dile a mi madrina que probablemente no podré verla este viaje, porque una vez que tenga a Gina conmigo, tendremos que salir rápidamente del pueblo, pero una vez ya casados, regresaremos, y prometo ir a verla entonces.

El anciano se rió, y luego decidió decirle a Miguel la última verdad respecto a su padre, verdad que él obviamente ignoraba.

—Sabes, Miguelito, no cabe duda de que eres hijo de tu padre —se rió—. ¿Nadie te ha contado jamás por qué la familia de tu madre nunca habla mucho de tu padre?

—Ahora que lo mencionas, son raras las ocasiones en que hablan de él —respondió Miguel pensativamente.

—Bueno —dijo el anciano, respirando hondo—. Tu padre se robó a tu madre de la misma manera en que estás a punto de hacerlo con Gina —dijo, riéndose y despidiéndose de Miguel con un gesto.

—Buen camino, ahijado —dijo—. Que tengas un buen viaje.

A las diez y media, Miguel había dejado la camioneta estacionada de manera segura fuera del camino de servicio que don Paco le había descrito, escondiéndola fuera del alcance de la vista de los peregrinos que hubieran elegido esa ruta para ascender el Cerro del Cubilete. Esa había sido la contingencia con la que no había contado. En sus tiempos, todos habían ascendido por el camino principal donde los camiones de recorridos turísticos inexplicablemente lograban subir a los turistas durante el día. Angosto y sinuoso, era de un solo carril. Si alguien tenía la mala suerte de encontrarse con otro vehículo en sentido contrario, quien estuviera subiendo tendría que bajarse dando marcha atrás por las curvas peligrosas con precarios acantilados hasta llegar a uno de los pocos acotamientos que existían, para dejar pasar al vehículo que iba en bajada. Este nuevo camino era mucho mejor, y afortunadamente, no lo habían cerrado para el peregrinaje. Sin embargo, había decidido esconder la camioneta fuera del camino, por si Gina subía con su familia. No cabía la menor duda de que su camioneta deportiva con placas de Carolina del Norte delataría su presencia.

Siguiendo la vereda rocosa hacia el pueblo minero abandonado, tropezó varias veces, maldiciendo las nuevas botas de excursión. Pensando que estaría mejor con sus zapatillas de tenis, se le ocurrió regresar a la camioneta para buscarlas, pero cambió de idea por temor a ser visto por alguien que pudiera decirle a la familia de Gina algo sobre el foráneo con placas de Carolina del Norte.

Al entrar al pueblo, faltaban diez minutos para las once. Rápidamente pasó por la vieja escuela, y entró. La puerta de madera así como el marco estaban astillados y percudidos; la puerta ya no se cerraba. Sin embargo, el piso de la vieja escuela de un solo cuarto era de piedra sólida, así que era seguro. Echando la luz de la linterna alrededor del cuarto para asegurarse de que no hubiera ni serpientes ni ratas, Miguel levantó luego la linterna hacia el techo para revisar que no hubiera murciélagos, reprochándose por ser tan cobarde... *después de todo,* pensó, *con todos esos bonitos tiros de mina vacíos en donde esconderse,* ¿por qué se escondería en una escuela un murciélago digno de tal nombre?

Una vez que se sintió seguro, se quitó la mochila de los hombros, y rápidamente abrió la cremallera. Sacó una cobija y la colocó suavemente sobre el suelo, empujando unos escritorios gastados fuera del camino. Sobre la cobija colocó tres velas, y las prendió. Luego sacó una botella de vino tinto, lista para tomar a temperatura ambiente dado que los pueblos fantasmas no solían tener muchas máquinas de hielo a mano. Luego sacó las copas para vino; las colocó al lado de la botella, que abrió para dejar reposar el vino. Finalmente, sacó una bolsa de bolillos y un queso fresco de leche de cabra y una tablita y un cuchillo para rebanar el queso. Con la cena preparada, regresó a la puerta, asomando la cabeza para ver si veía a Gina.

Los minutos pasaron como horas. A las once y diez cuando Gina aún no llegaba, Miguel había decidido subir hasta la cumbre y al monumento, para encontrarla. No dejaría que nada —hombre, bestia ni fantasma— impidiera que reclamara a la mujer que amaba.

Riéndose por su propia ocurrencia, decidió tener

paciencia, y se sentó sobre las escaleras de piedra frente a la vieja escuela.

Eran casi las once y media cuando, bajo la luz de la luna, finalmente vislumbró una figura moviéndose en dirección suya. Parándose de un salto, se movió lentamente hacia adelante, hasta estar seguro de que realmente era Gina. Una vez seguro, su paso se aceleró hasta correr, estirando los brazos hacia ella. Al aventarse ella entre sus brazos, la levantó en el aire, haciéndola girar, y luego dejándola deslizarse hacia abajo, sujetándola firmemente por la cintura hasta tenerla frente a frente. Cuando por fin sus labios se tocaron, el beso fue tierno y cariñoso.

La bajó, todavía abrazándola, mientras ella lo miraba con una expresión de alivio.

—Temía tanto que ya no estuvieras aquí —dijo ella—. No pude deshacerme de Jorge. Me estuvo vigilando como si fuera mi ángel de la guarda —se rió—. Mi padre probablemente le dijo que no me perdiese de vista ni un solo momento, y Jorge es obediente, por no decir otra cosa —agregó.

—Estaba preocupado por si te hubiera sucedido algo; pensé que tus padres habrián decidido acompañarte en el peregrinaje —dijo él—. Estuve contemplando la idea de subir al Cubilete sobre un corcel blanco, con un sable en la mano, para rescatarte y llevarte conmigo —agregó, luego mirando profundamente a los ojos de ella, se volvió seria su expresión—. Vamos a la escuela. Tengo preparada nuestra cena ahí, un buen vino... y creo que necesitamos hablar, Gina.

Ella le tomó el brazo y caminó con él a la escuela. Al ayudarle él a quitarse la mochila de la espalda, se sorprendió por el gran peso.

Entrando al improvisado comedor, Gina estaba nerviosa. Acababa de tomar la decisión más grande de su vida, de repente se preocupó, no porque dudara de su decisión, sino porque reconoció que había decidido su futuro sin saber qué es lo que Miguel tenía en mente. Al ver que él había preparado una cena campestre para ellos la hizo pensar que quizás se tratara de una simple cena con él, y que para él no significaba más. Capaz que no pensaba llevarla con él después de todo, y estaba ella ahí con todas sus pertenencias empacadas en su mochila y todos sus ahorros en el fondo...

Sentada en la orilla de la cobija, se frotaba las piernas, que todavía le ardían por la caminata. Miguel mientras servía el vino, y notó que la mano le temblaba un poco al levantar la primera copa para entregársela a ella. *¿Quizás esté tan nervioso como yo?* pensó para sí misma.

Miguel rebanó el pan y el queso, y luego levantó su copa para brindar. Cuando Gina levantó su copa, él la miró profundamente a los ojos.

—¡Por nosotros! —dijo él, chocando su copa contra la de ella—. Por nuestro pasado, nuestro presente, y nuestro futuro —agregó.

Se notó en la cara el gran alivio que sintió Gina al oírlo. Sus piernas dejaron de dolerle de repente, y ya no se sentía ni ridícula ni nerviosa. Levantó su copa y probó el vino, saboreándolo por toda su boca. Su mirada se encontró con la de él, y sonrió. Esta vez fue una sonrisa cálida; su renuencia anterior no había dejado huella.

Divertido, pero sintiendo más ternura de la imaginada, Miguel se mostró conmovido. De repente se dio cuenta de que para ella desaparecer de una peregrinación religiosa significaba todo. Significaba que no podría regresar sin enfrentarse a una vergüenza mayor aun que su reciente deportación. Significaba que estaba renunciando a su pasado entero a cambio de un futuro incierto con Miguel.

Colocando su copa sobre el piso de piedra cerca de la orilla de la cobija, extendió la mano para quitar la copa de la mano de Gina, y la colocó al lado de la suya. Levantándose, la tomó por la mano, y la ayudó a ponerse de pie, cerca de él. Suavemente jalándola tras él, caminó a la puerta, y atravesó la calle en dirección de un campo baldío desde donde podían ver no sólo la ciudad de Guanajuato en la distancia, sino las ciudades vecinas de Irapuato, Silao y León. La vista era magnífica.

Acercándosela a él, rozó sus mejillas con los labios, y luego la colocó con su espalda contra su pecho, rodeando sus hombros con sus brazos, y descansando su mentón contra la parte superior de su cabeza.

—Mira todo eso, hermosa. Parte de nosotros siempre permanecerá aquí. Aquí es donde nacimos y por derecho nos pertenece. Yo comprendo la importancia de que vinieras aquí conmigo esta noche, dejando todo esto, sin idea de lo que te pueda deparar el destino —miró hacia abajo y vio que las lágrimas brotaban de los ojos de ella, y estaban cayendo por sus mejillas, y la abrazó más fuerte—. Significa que tienes confianza en mi, y tienes confianza en nuestro futuro —volteándola suavemente, levantó su mentón para mirar profundamente a sus ojos, limpiando sus lágrimas con sus dedos. Inclinándose un poco, la besó tiernamente, y luego se enderezó de nuevo, su mirada fija en la cara de ella—. Te prometo, Gina. Te juro que jamás te arrepentirás de haber depositado tu confianza en mi.

Ella lo miró, de repente sonriendo.

—Me agrada mucho oírte decir eso. Si vieras que todo lo que realmente me importa en la vida está en mi mochila. Saqué mis ahorros, tomé mis alhajas y unas fotos en la mochila, y apenas una muda de ropa.

—No importa, te compraremos más. Es la responsabilidad del novio comprar el ajuar de la novia, ¿o no? ¿O habrán cambiado tanto las costumbres?

—No, nada ha cambiado. —Ella se sintió mareada

de alegría, y colocó los brazos alrededor del cuello de él, abrazándolo estrechamente—. ¿Pero ahora qué?

Deslizando delicadamente los brazos de ella de su cuello, la tomó de nuevo por la mano, y lentamente empezó a caminar de nuevo en dirección de la escuela.

—Bueno —dijo—, para empezar, sugiero que comamos algo. No sé tú, pero yo he estado tan nervioso que no comí en todo el día.

—Yo tampoco.

—Y luego —continuó—, sugiero que huyamos de aquí antes de que alguien descubra tu ausencia y vengan a buscarte.

—¿No dijiste que estabas dispuesto a cargar en un corcel blanco contra una multitud para defender mi honor? —se rió ella.

—¿Contra cuántos tengo que luchar?

—Sólo uno. Vino Jorge, pero está con su novia, así que dudo que se fije en mi ausencia muy pronto —explicó ella, colocando su brazo alrededor de su cintura y colocando su mano sobre la suya.

—No confíes —dijo él nerviosamente—. Vamos.

Regresaron a la escuela y disfrutaron un poco del queso y pan, terminando sus copas de vino. Miguel juntó todo de nuevo y lo metió en su mochila, encorchando el vino para más tarde.

Al caminar por la vereda empedrada en dirección al viejo camino de servicio y a la camioneta escondida, las estrellas parecían unirse con las luces de las ciudades al pie de las montañas, como si la naturaleza se hubiese puesto de acuerdo para montar un espectáculo especialmente para ellos dos.

De repente, Gina se detuvo, señalando hacia el cielo.

—¡Mira! —exclamó—. ¡Una estrella fugaz!

Miguel se dio vuelta a tiempo para ver la estrella fugaz sobre el horizonte.

—¡Es el universo deseándonos suerte y buena fortuna! —dijo.

Al llegar a la camioneta, Miguel ayudó a Gina a subirse y luego dio la vuelta para subirse al asiento del conductor.

—¿A dónde vamos? —preguntó ella.

—Bueno, yo estuve hospedado en el Parador de San Javier, pero me salí, pensando que sería demasiado fácil revisar todos los hoteles de Guanajuato. ¿Hay alguien en tu familia que sepa de la existencia de la cabaña en Santa Rosa?

—No, no lo creo. Sé que yo no se la he mencionado, porque apenas la recordaba yo misma.

—Entonces ahí es a dónde vamos. Así, ni siquiera tenemos que pasar por el pueblo, y mañana muy temprano, podemos emprender camino de nuevo a los Estados Unidos, en lugar de manejar de noche.

—Me suena muy bien, excepto por un pequeño detalle —dijo ella, meneando la cabeza—. Dejé mi pasaporte en la casa de tu tía en New Bern, y aunque lo tuviera, lo más probable es que esté cancelada mi visa. Pueden descubrir precisamente eso si lo pasan por la computadora en la frontera —el pánico empezaba a apoderarse de Gina.

Ya sobre el camino de tierra en dirección de la carretera a Santa Rosa para llegar a la cabaña, Miguel extendió la mano hacia el asiento trasero, para sacar un portafolios de piel color café. Adentro no sólo estaban el pasaporte y visa de ella, sino el acta de nacimiento y pasaportes tanto mexicano como estadounidense de él.

Cuando él abrió el portafolios, ella jadeó:

—¡Lo tienes tú! —exclamó—. ¿Pero qué pasa si cancelaron mi visa?

—Ya investigué, y aparentemente les lleva aproximadamente noventa días cancelar una visa, si es que la van a cancelar. Puede ser que ni lo hagan, porque nunca les diste el apellido de soltera de tu madre, ni tampoco te identificaste con ningún documento oficial. Es probable que exista más de una sola Gina Ramón con visa para los Estados Unidos, y seguramente no van a cancelar todas las visas para toda la gente que tiene nombres como al tuyo, ¿o sí?

La confianza de él la consoló, pero estaba nerviosa de todos modos.

—Además, pensé que podría ser divertido pasar al Palacio Municipal en Santa Rosa mañana por la mañana, para casarnos. Por eso traje mi acta de nacimiento mexicano, y los dos pasaportes. ¡No pueden negarme la entrada a los Estados Unidos con mi esposa! —dijo, triunfalmente.

Gina se quedó sorprendentemente callada. Una parte de ella estaba fascinada ante la idea de casarse con él el día siguiente, pero otra parte de ella todavía soñaba con una gran boda en la iglesia, con vestido blanco.

Como si leyera sus pensamientos, Miguel volteó hacia ella y sonrió.

—No te preocupes, pues tendremos la boda de veras en los Estados Unidos, o aquí en la catedral, o donde tú quieras en el planeta. Una boda en la iglesia con todos los perifollos, ¡y hasta con la bendición del Santo Papa si así lo quieres!

Gina habría querido lo que fuera si así lo quería Miguel, y emocionalmente, ella se depositó en las manos capaces de él. Ella no pudo pensar en ningún sitio donde prefería pasar el resto de su vida.

Al llegar a la reja de la cabaña, don Marcelino abrió para que pasara el vehículo. Miguel abrió la ventanilla, y le dijo al cuidador que no se molestara en subir a la cabaña, sino que le diera una llave.

Don Marcelino se acercó al coche, con una llave en su mano extendida, asegurándole a Miguel que el calentador de agua seguía prendido, la cisterna estaba llena de agua, y que su esposa llevaría algo para desayunar la mañana siguiente.

Al arrancar de nuevo la camioneta, Miguel frenó repentinamente, asomando la cabeza por la ventanilla.

—¿Don Marcelino? —llamó.

—Sí, ¿señor Miguel?

—¿Tienen usted y su señora planes para la mañana?

—Los que usted ordene, señor. Estamos a sus órdenes.

—¿No les importaría mucho acompañarnos al Palacio Municipal en Santa Rosa para ser testigos en nuestra boda?

La cara del viejo se transformó por una cálida sonrisa.

—Sería un honor, señor Miguel.

Gina despertó al oír un ruido de golpes que reverberaban por toda la cabaña como disparos de una ametralladora. Saltando de su cama, se asomó por la puerta de la recámara que había sido de los padres de Miguel, pensando que iba a ver una pelea a balazos en la planta baja. Al dar un paso hacia el descanso de las escaleras, miró hacia abajo, y el ruido cesó. A través de los ventanales de dos pisos de altura pudo ver que el sol subía en el este, iluminando las maravillosas formaciones rocosas de la sierra al otro extremo del valle donde posaba la cabaña, con tonos de rosa y morado. Era exquisitamente bello, y pacífico.

¡Debo estar soñando! pensó, volviendo a la recámara, feliz de estar despierta antes que Miguel. Tendría oportunidad de bañarse, y de preparar un poco de café. Alguien había dejado en la cocina una bolsa de una excelente mezcla finamente molida. Sonriendo para sí, miró en dirección de la puerta del cuarto de Miguel donde, —caballero ante todo— había insistido en dormir, para permitir a Gina un

poco de tiempo a solas antes de unir sus vidas legalmente esta mañana.

Habían terminado la botella de vino en la terraza la noche anterior, y decidido dormir para estar descansados para los preparativos de este día. Realmente, los dos habían estado tan emocionalmente exprimidos por su mutua decisión, que necesitaban un poco de tiempo a solas.

Justo cuando estaba entrando de nuevo a la recámara, empezaron las ráfagas de tiros la de nuevo, haciéndola brincar. Corriendo a la puerta de Miguel, la abrió, pero él no estaba ahí.

Dejándose llevar por el pánico, pensó en todas las posibilidades, la mejor de las cuales era horripilante, y la peor que sería encontrar a Miguel en un charco de sangre, el padre de ella parado sobre el con una ametralladora.

Empezó a correr escaleras abajo, para toparse con Miguel quien venía de la cocina, tranquilamente trayendo dos jarros de café, humeantes en la sala fría.

Cuando él vio la expresión de susto de Gina, se rió en voz alta.

—Cálmate mujer —se rió—. Es un pájaro carpintero. ¿Qué pensaste? ¿Que habían llegado las tropas?

—¿Dónde está? —preguntó ella, sintiéndose ridícula ante su pánico.

—Ven. Te lo enseñaré —dijo él, atravesando hacia la puerta que se encontraba a un lado de los enormes ventanales. Colocando un dedo sobre su boca, abrió la puerta silenciosamente.

Gina lo siguió hacia la terraza, el aire frígido de la montaña avivando todo su ser. Al seguir con la mirada en dirección del dedo de Miguel, vio al intruso pájaro color negro con rojo. Colgando de la marquesina del tejado, el pájaro carpintero estaba taladrando a todo lo que daba contra el tejado de latón y bronce.

—¡Pobrecito! —exclamó ella—. ¿Crees que piensa que es capaz de ahuecar un nido en el tejado?

—Supongo que sí. Debería haberte avisado sobre nuestro amiguito, el Pájaro Loco, desde anoche. Me despertó la primera noche que llegué al pueblo. ¡A mi también me asustó!

Aceptando el jarro de café de las manos de Miguel, Gina se sentó en la baranda en el otro extremo de la terraza, colgando sus pies descalzos hacia el vacío. Mirando a la ciudad en el fondo del valle, suspiró.

—Se ve tan pacífica desde aquí —dijo, melancólicamente—. ¿Qué estará haciendo mi familia en estos momentos? ¿Estarán todavía buscándome?

—No. En estos momentos ya deben de saber que estás conmigo.

—¿Cómo pueden saber? —la idea asustó a Gina aún más de lo que Miguel había calculado.

—Anoche, después de que te acostaste, no pude dormir, pensando en cómo me sentiría si mi hija fuera a desaparecer algún día, durante una excursión alpina, cerca de un pueblo fantasma, ¡con tiros de mina abiertos! —explicó, tratando de tranquilizar la expresión aterrorizada en la cara de Gina. No parecían consolarla sus palabras.

—Entonces, cuando nuestro amiguito me despertó en la mañana, le pedí a don Marcelino que fuese a la ciudad para enviar un telegrama a tu padre con mi firma, avisándole que te encuentras conmigo, y para cuando reciba el telegrama, ya estaremos casados —estudiando la expresión horrorizada en la cara de Gina, trató de calmarla—. Gina, piénsalo. ¿Es justo tener a tus padres con los equipos de rescate buscándote por toda el cerro y por los tiros de mina?

La expresión de Gina se suavizó un poco, y sacudió la cabeza.

—No, por supuesto que no. Nada más di por sentado que adivinarían mi paradero. Por eso no dejé siquiera una nota. Simplemente pensé... —mordiendo su labio inferior, de repente se dio cuenta de que sus padres tenían que haber estado muertos de miedo, y estuvo agradecida a Miguel por lo que había hecho. Sin embargo, todavía le aterraba la idea de la posible reacción de su padre.

—¿Y si mi padre viene a buscarme?

—No lo hará. Su orgullo no se lo permitirá.

—¿Y mi madre? ¡Estará tan lastimada!

—Le dolería mucho más si la dejaras pensar que te mataste, cayéndote en un tiro de mina en alguna parte. ¿No crees?

Asintiendo con la cabeza, miró de nuevo hacia abajo a la ciudad.

—Gracias, Miguel —dijo, tratando de imaginar la vergüenza que sufrirían sus padres al tener que avisar a los equipos de rescate que abandonaran la búsqueda porque su hija se había fugado con un hombre.

De repente, vio la camioneta de Miguel subiendo por el camino de terracería. Contuvo la respiración un momento, pero al pasar tres coches por el camino principal, estuvo segura de que nadie la había seguido desde su pueblo allá abajo.

Como si pudiera leer sus pensamientos, Miguel se acercó a ella por atrás, y la abrazó alrededor de los hombros.

—Sabes, Gina, que todavía hay tantas cosas de las que no hemos hablado. Como cuando ayer fui a la vieja mina de mi padre —empezó.

—¿Sí? Y, a fin de cuentas, ¿en qué terminó la mina? —preguntó ella.

—Bueno —empezó lentamente, con una gran sonrisa—, puede ser que te agrade saber que estás a punto de casarte con el socio mayoritario de esa mina, la vieja casa cerca de la Presa de La Olla, esta cabaña, el fideicomiso, y toda una serie de industrias pequeñas que maneja el fideicomiso por todo el estado. De hecho, estás a punto de convertirte en una dama muy rica con enormes bienes en este pueblo.

Gina trató de voltearse hacia él, pero él la sostuvo firmemente, besando la parte superior de su cabeza.

—Gina, cuando yo dejé Guanajuato como adolescente, me borré de la memoria muchas cosas que emocionalmente no era capaz de manejar. Pasé la tarde ayer con mi padrino, enterándome de muchas cosas de mí mismo y de mi familia, o por lo menos del lado de mi padre, que raras veces se ha discutido desde que fui a vivir con mi tía Laura. Ella apenas conocía a mi padre, y raras veces habla de él. Bueno, pues. Ahora que he recordado mucho y que he aprendido algo respecto a esa parte de mí mismo, ¡no tengo intención alguna de volver a perderlo todo! —ayudó entonces a Gina a dar la vuelta hacia él.

—¿Quieres decir que quieres que vivamos aquí? —preguntó ella, con emociones mixtas. Por un lado, sabía que iba a extrañar mucho a Guanajuato, pero en cambio, estaba emocionada con la idea de vivir en los Estados Unidos.

—No del todo. ¿Por que no podemos tener la casa aquí y otra en Carolina del Norte? Así podemos vivir aquí parte del año, y la otra parte allá —dijo él, emocionado ante el prospecto.

A Gina la mareó la idea.

—¡Eso costará una fortuna! —exclamó.

—Según me dice mi padrino, eso es algo de lo que no tenemos que preocuparnos, por lo menos no durante mucho tiempo —inclinándose, la besó, esta vez con más pasión de lo que se había permitido desde su reencuentro. Ella respondió como no lo había hecho desde New Bern, sintiéndose como si se fundiera contra él.

Capítulo Nueve

Después de escuchar la Melchor Ocampo en la ceremonia civil conducida por el Juez del Registro Civil en el pequeño pueblo de Santa Rosa, Miguel y Gina firmaron cuidadosamente el libro oficial, seguidos por don Marcelino y su esposa, Yolanda, como testigos.

Saliendo del Palacio Municipal con su acta de matrimonio firmada y sellada, estaban a punto de despedirse del velador y de su esposa, cuando don Marcelino se inclinó reverentemente, extendiendo su brazo en dirección de una pequeña cafetería en el otro extremo de la plazuela.

—El sobrino de Yolanda es el propietario de ese lugar. Han preparado una pequeña fiesta de bodas para ustedes. Por favor... —dijo, señalando con el brazo al pequeño restaurante—, son nuestros invitados.

Conmovidos por la típica hospitalidad de pueblo chico, Gina y Miguel se miraron el uno al otro, y luego siguieron al viejo caballero en silencio a la cafetería, donde se había reunido una congregación formidable de pueblerinos y niños.

Al entrar al lugar, que era sólo poco más que una refresquería o fuente de sodas, la pareja se asombró al encontrar las paredes adornadas con campanitas blancas de papel, y sobre una de las mesas metálicas había un gran pastel, hermosamente decorado con flores blancas, campanas y una pequeña pareja de novia y novio en el centro. Alguien había cambiado cuidadosamente el color de cabello del novio para que se pareciera al cabello rubio de Miguel. Al lado del pastel había una botella de sidra, y una botella del mezcal almendrado local.

Tras escoltar a la pareja orgullosamente a la mesa, Yolanda colocó la mano derecha de Miguel y la mano izquierda de Gina firmemente sobre un cuchillo de servicio, hizo una seña a un joven que estaba parado en la puerta con una cámara, y luego se alejó de su alcance. La pareja sonrió y los destellos del flash los cegaron mientras el fotógrafo les sacaba fotos. Al cortar la primera rebanada del pastel, los pueblerinos aplaudieron, y Marcelino empezó a pasar caballitos de Mezcal a los hombres, sidra a las mujeres, y refrescos para los niños. Una vez que había servido a todos, tomando su papel de padrino muy a pecho, levantó su copa para ofrecer un brindis. Atrayendo a Yolanda a su lado, sonrió extensamente, un diente de oro brillando con cada destello del flash de la cámara.

—¡Por Georgina y don Miguel! ¡Que hoy sea el menos feliz de los días que pasen juntos! —dijo, y todos los presentes levantaron sus copas. Tocando su caballito con una cuchara para acallar al grupo, continuó—: Tuve el honor de trabajar con su padre durante más de veinte años, don Miguel, y le he seguido sirviendo a usted durante los últimos trece años. Su padre era un gran hombre y tenía un gran corazón, y usted no sólo está siguiendo sus pasos, sino que ha demostrado haber heredado también el gran corazón de su padre, tomando su lugar en todos aspectos, con gran dignidad. ¡Por su felicidad! —concluyó.

El fotógrafo sacó unas cuantas fotografías más, y luego insistió en que Gina y Miguel esperaran unos quince o veinte minutos. Salió de prisa.

Comieron pastel y tomaron sidra y mezcal, conversando a gusto con don Marcelino y su esposa. Al serles presentadas parejas y niños, empezaba a parecer como si todo el pueblo estuviera de fiesta para celebrar su boda civil, y además que todos en el pueblo eran, de un modo u otro, parientes de don Marcelino y Yolanda Cortés. Conocieron por lo menos siete de sus nueve hijos, diez de sus veinticinco nietos, y hasta a su primer bisnieto.

Finalmente, todo tuvo sentido para Miguel. Aunque él, vergonzosamente, hubiera hecho caso omiso de este humilde empleado durante trece años, el hombre había trabajado para su padre durante veinte años antes de la muerte de ese. Había trabajado para la familia López Garza durante treinta y tres años; su vida entera dedicada de uno u otro modo al servicio de Miguel y su familia. Y, por el aspecto próspero de todos sus hijos y nietos en este pequeño pueblo, era considerado como todo un magnate. Y hoy, estaba orgulloso de participar en su boda. Miguel se le impactó lo que este acontecimiento representaba para don Marcelino. Levantando su caballito, lo tocó con una cuchara. Todos los presentes lo miraron esperando sus palabras.

—Damas y caballeros —comenzó—, ¿tienen todos una copa? —esperando a que todos levantaran sus copas medio vacías, y mientras otros se servían, Miguel levantó su copa en alto—. ¡Por don Marcelino Cortés y señora! —continuó—: Con mi gratitud y aprecio por sus años de servicio a mi familia. La sabia y meticulosa administración de nuestros asuntos por don Marcelino ha sido antecedida sólo por la amistad y bondad que nos ha brindado durante tantos años. ¡Gracias, padrino! ¡Se lo agradezco de todo corazón!

El rostro del anciano se iluminó de felicidad y se humedecieron sus ojos, al tomar rápidamente su mezcal. Miguel hizo lo mismo, y luego colocó su vaso sobre la mesa a un lado de él, y se acercó al anciano. Don Marcelino lo abrazó, dándole palmaditas en la espalda de manera paternal.

—Qué Dios lo cuide, ahijado —dijo—, y gracias por permitirme ser su padrino en este día.

Vieron que regresaba el fotógrafo con las fotos de la boda para los recién casados. En blanco y negro, realmente habían salido muy bien, y Miguel las revisó. Al repasar las fotos, Gina tomó una, jadeando.

—¡Miguel! ¡Mira! —exclamó—. ¡Ese es mi hermano!

Mirando la fotografía, una de las tomas del grupo notó un joven en la puerta, con una sonrisa divertida en la cara.

Gina corrió hacia la puerta; Miguel revisó las demás fotografías, pero Jorge no aparecía en ninguna otra. Volviéndose hacia Miguel desde la puerta, Gina se encogió de hombros, abriendo los brazos. Su hermano se había ido.

Riéndose, Miguel atravesó el cuarto hasta llegar a su lado, rodeando sus hombros.

—Por lo menos tu padre sabrá que hice lo más honrado, ¡casarme contigo primero! —susurró al oído de ella, sonriendo.

—¿Primero? ¿Antes de qué? —preguntó ésta, sonriendo.

—¡Antes de fugarme contigo! Su expresión se volvió seria—. Pero en caso de que tu hermano estuviera investigando para tu padre, ¡quizás deberíamos pensar en irnos ahora mismo!

Gina asintió con la cabeza, y empezaron a agradecer a cada uno de los presentes, despidiéndose de todos.

Mientras Yolanda y don Marcelino los acompañaban a la camioneta, una niña pequeña corrió a ellos, con una cajita.

—¡No olviden el pastel! —gritó. Gina tomo la caja, la abrió y vio que contenía la parte central del pastel, decorada con la parejita de novios. Le dio las gracias a la niña, y continuaron hasta la camioneta.

Yolanda acompañó a Gina, y la ayudó a subir al lado del pasajero, mientras don Marcelino abrió la portezuela para Miguel del otro lado.

Después de cerrar la portezuela del coche tras ellos, Yolanda regresó al lado de su marido. De repente, Miguel se volvió hacia Gina.

—¿Qué tal Navidad? —preguntó. ¿Crees que se habrá calmado la familia lo suficiente para que pasemos la Navidad en la cabaña?

—¡Más les vale que sí! —se rió ella, mirándolo amorosamente—. Siempre y cuando estemos casados por la iglesia para entonces.

Volteando de nuevo a su empleado y la esposa de éste, titubeó brevemente, y luego habló.

—¿Qué les parece la Navidad? Estaremos en contacto antes, pero ¡espérennos alrededor del quince de diciembre!

—Eso sería maravilloso. Justo como...

—¿Cuando mis padres hacían las cenas de Nochebuena en la cabaña? No se me ha olvidado, don Marcelino. Creo que deberíamos reanudar esa tradición. ¿No lo cree?

El anciano asintió con la cabeza.

Al arrancar el motor de la camioneta, los miró de nuevo.

—Y don Marcelino... ¿tiene usted un abogado en el pueblo?

—¡Sí señor! —contestó—. ¡Mi sobrina está casada con el Juez del Registro Civil que los casó a ustedes dos!

—¡Perfecto! Entonces que solicite un estudio topográfico de las hectáreas del terreno al pie de la cuesta donde está su casa. Debe de haber suficiente tiempo para que lo logre hacer antes de diciembre, cuando estemos de regreso. Le enviaré a usted el dinero para pagar los gastos.

La cara del viejo empalideció, y Miguel se dio cuenta de que no había comprendido.

—Quiero escriturárselas a usted, padrino. Tres generaciones de la familia Cortés han vivido en esa casa, y han crecido corriendo por esas tierras, y creo que lo más justo es que nuestras familias sigan siendo vecinas durante muchas generaciones futuras, ¿no lo cree usted?

Al darse cuenta del significado de las palabras de Miguel, regresó el color a la cara del viejo, que estaba boquiabierto, sin poder creerlo.

Extendiendo el brazo por la ventanilla, Miguel tomó la mano de don Marcelino, y Yolanda puso su mano sobre las de ellos.

—¡Gracias de nuevo por todo! —dijo Miguel, soltando sus manos y alejándose lentamente.

Antes de llegar a la vieja Hacienda de Berros por la antigua carretera de Dolores Hidalgo a San Luis Potosí, Miguel estaba sintiendo los efectos del mezcal y del pastel dulce, y se dio cuenta de que estaba soñoliento. Faltaban sólo unos treinta minutos para San Luis; Miguel miró a Gina. Ella parecía perfectamente despierta y fresca.

—Gina, estoy a punto de quedarme dormido. ¿Te importaría manejar? —de repente, se le ocurrió que jamás la había visto manejar, y no sabía siquiera si ella sabía conducir—. ¿Manejas? —preguntó.

—Sí, por supuesto que sí... manejo bicicletas, cuestiones delicadas, y clases llenas de niños traviesos —bromeó ella, sonriendo—. ¿Te refieres a coches? Todavía no, ¡pero me encantaría aprender! —dijo con una risita.

Ya totalmente despierto debido a la mera idea de soltarla con el Mercedes, Miguel se rió.

—¡Híjole! ¡Tú si que sabes quitarle el sueño a uno! —se rió—. Yo puedo seguir hasta San Luis, pero creo que debemos quedarnos ahí hoy en la noche, y salir mañana temprano para la frontera. ¿De acuerdo?

—Hmmm... —dijo ella—. ¡Sólo si me permites mostrarte las otras maneras que conozco para despertar a un hombre! —sonrió con su expresión de siamesa.

El cuerpo de Miguel reaccionó con voluntad propia, haciendo caso omiso de su resolución de esperar hasta la noche de su boda religiosa. Había tenido que armarse de absolutamente toda su fuerza de voluntad para dormir en el otro cuarto la víspera, y si ella seguía provocándolo, él ni siquiera llegaría a la frontera, y mucho menos a la noche de su *verdadera* boda, como lo había dicho la noche anterior, sin caer en la trampa seductora de ella.

—Deje de provocarme, señora López Garza, o lo vas a pagar muy caro.

—¡Promesas, promesas! —replicó ella, muy alegre por las tres copas de sidra que su madrina Yolanda había insistido en que tomara para festejar su ceremonia civil.

Unos minutos después, entrando a la ciudad de San Luis Potosí, Miguel se fijó en una cartelera anunciando el Hotel Westin, y siguió las indicaciones para llegar al hermoso centro turístico. Luego de estacionar frente al hotel, saltó del coche, pero antes de poder llegar al lado de Gina, uno de los botones ya estaba ayudándola a bajar.

Tras pedir a los asistentes que sólo bajaran las mochilas y que estacionaran la camioneta, rápidamente procedió a la recepción. Sintiéndose extraño al registrarse como "señor y señora López Garza" —porque por primera vez en su vida, la mujer que se hospedaba con él era realmente su esposa— el gerente entregó al botones la llave de una de las dos suites del gobernador disponibles, y siguieron al uniformado por unas escaleras, y por un largo pasillo.

Al final del pasillo había una gran puerta doble, que al ser abierta, conducía a una enorme sala finamente amueblada, con vista hacia un jardín lleno de helechos y plantas tropicales, y un jacuzi en el centro. El jardín estaba amurallado y techado con un tragaluz para mayor privacidad. A un lado de la sala había una mesa de comedor, y una escalera de caracol que daba a la recámara en un desván suspendido sobre parte de la sala.

Gina jamás había estado en una habitación de hotel tan elegante, y en cuanto el botones se hubo retirado, se quitó los zapatos, arrastrando los pies por la gruesa alfombra. Sin poder resistir la tentación, se quitó la ropa, quedándose sólo con el sostén y pantaleta, y corrió al jacuzi, deslizándose lentamente hacia el agua caliente. Una vez sumergida hasta el cuello, se estiró para prender los chorros de agua, y la tina se llenó de burbujas.

Miguel la estaba observando con una expresión mezcla de diversión y ternura. Ella era todo un enigma para él. Se sentía perfectamente cómoda y abierta al desnudarse para quedar en ropa íntima delante de él, sin mostrar pudor alguno. Parecía aceptar su propia sensualidad —y la de Miguel— como partes naturales y maravillosas de sus seres. Pero al mismo tiempo, todavía era virgen, y pensaba seguir así hasta la noche de su boda religiosa. No tenía mucho sentido para él, pero haría lo que fuera por ella. Hasta bañarse en agua fría durante unas cuantas semanas más.

Sonriendo, la observó mientras ella recostaba la cabeza, dejando burbujear el agua caliente por su largo cabello. De repente, salió un brazo del agua, tirando su pantaleta y sostén al aire. Cayeron en los mosaicos que rodeaban la tina.

Él haría lo que fuera por ella, pero Gina estaba retando al destino, pensó, meneando la cabeza y sonriendo pacientemente. ¿Hasta dónde pensaba ella que lo podía empujar? *Por el amor de Dios, Gina. ¡Legalmente somos marido y mujer!* pensó en silencio, pero estaba resuelto a cumplir con la promesa que le había hecho.

Ella abrió los ojos levantando su cabeza. Mirando directamente a Miguel, le regaló su sonrisa de gata siamesa, y dobló su dedo índice, haciéndole una seña para que se acercara.

Como hipnotizado, él hizo lo que ella quería, quitándose la camisa por sobre la cabeza sin molestarse en desabrocharla. Mientras se quitaba sus zapatos, desabrochó el pantalón, y con un solo movimiento fluido, empujó su pantalón y calzón hasta los muslos, rápidamente sentándose sobre una otomana para quitarse los calcetines con el mismo movimiento.

Al levantarse de nuevo Miguel, los ojos de ella se abrieron extensamente al observar su miembro erecto. Sin quitarle la vista de encima, lo observó mientras se metía al agua caliente y burbujeante.

Tomando la mano de él, lo jaló al lado de ella, luego volteó, alzándose para sentarse sobre los muslos de él. Todavía mirándolo directamente a los ojos, rodeó su cuello con los brazos, girando la cintura para tocar su pecho con sus senos, dejando que sus duros pezones descargaran relámpagos eléctricos por todo el cuerpo de él. Al juntarse sus labios, ella cerró los ojos, dejando que todo su ser se fundiera dentro del calor de la tina aunado al calor que emanaba de él. Abriendo un poco los labios, tocó con la punta de su lengua la lengua de él, hasta seducirla hacia su propia boca. Gimiendo, Miguel estiró su brazo, empujando las piernas de ella hacia adelante, ardiendo con el deseo de sentir toda la extensión de su cuerpo contra el suyo.

Suavemente deslizando sus piernas de los muslos de él, lo miró de frente, estirando la mano hacia las rodillas de él, separándolas. Parada en el agua más honda, sin romper el beso, se metió ella entre sus muslos, presionando la parte superior de su abdomen contra su erección pulsante. Al presionar su cuerpo contra el cuerpo de Miguel, empezó a hacer contorsiones resbaladizas de movimientos sutiles, frotando y empujando contra él. Al impulsar su cadera hacia adelante, perdido Miguel en su pasión por ella, ella deslizó las dos manos por debajo de las nalgas de él para estrechar su cuerpo estrechamente contra el suyo. La sensación del agua caliente que corría alrededor de su miembro pulsante al frotarlo contra el cuerpo resbaloso y mojado de ella era tan parecida al acto sexual que Miguel se dejó llevar a niveles de placer sensual que jamás había experimentado, explotando en un orgasmo tan convulsivo que le pareció eterno. Gimiendo, metió la mano entre las piernas de ella, pero ella apartó su mano. Inclinándose un poco, ella apartó suavemente su cuerpo, empujándolo hacia atrás. Todavía colocada entre sus muslos separados, se arrodilló en el próximo escalón, recostándose contra él hasta que su miembro relajado apenas tocara su monte de venus. Guiándolo con la mano, ella colocó la punta de su hombría sobre su clítoris, luego deslizó su mano alrededor de la espalda de él de nuevo, girando sutilmente contra él. En poco segundos, su cuerpo entero tembló, y gimió de placer. Sin quitar el pene de entre sus muslos, se desplomó contra él, respirando tan sofocadamente como él.

Suspirando, él observó la paz que la cara de ella reflejaba.

—Si eso es lo que consideras inocente —dijo él con voz ronca—, ¡no dudes que acabes como viuda en la mismita noche de bodas!

Suspirando dulcemente, ella apretó los ojos, abrazándolo estrechamente.

Sabiendo que le sería físicamente imposible repetir los ejercicios en el jacuzi sin o morir o violar no sólo la promesa que había hecho, sino a la misma Gina en el proceso, se alejó de ella tan pronto sintió que volvían a la vida sus extremidades inferiores.

Abrazándola brevemente, le hizo cosquillas en las costillas, y ella dio un salto riéndose.

Poniéndose de pie, se dio cuenta de que su pasión era aparente de nuevo, y la cara de Gina empezaba a volverse felina de nuevo.

—¡Ni lo pienses siquiera! —se rió, señalando a sus partes íntimas—. Esta cosa tiene voluntad propia, pero creo que más nos vale calmarnos un rato. Mujercita, me vas a provocar una embolia.

Agarrando una toalla de un toallero en el otro extremo del jardín, tendió otra para Gina. Regalándole su sonrisa siamesa, salió lentamente de la tina, permitiéndole una clara vista de su magnífico cuerpo entero. Su cuerpo era suave y femenino, y cada centímetro de ella era justo como él había soñado y fantaseado. Sintiéndose debilitado ante la vista, tuvo que apoyarse en la toallera para no perder el equilibrio.

Tomando la toalla de la mano de Miguel, se cubrió, dando la vuelta para caminar hacia la sala. Giró hacia él al pie de las escaleras.

—¡Pero nada más piensa en lo maravilloso que será cuando por fin se haga realidad —exclamó, sus ojos fijos en la protuberancia debajo de la toalla de él.

Capítulo Diez

—Te ves absolutamente hermosa, hijita —dijo Laura Campos, mientras Gina arreglaba su maquillaje—. Ya no te maquilles más. No lo necesitas.

Gina se observó en el espejo, dando unos empujones al cabello para esponjarlo. Se sentía aseñorada al usar el vestido que la tía de Miguel había insistido en que usara para el ensayo de la boda y cena esa noche, aunque probablemente fuera la mejor elección comparado con el sedoso y largo vestido azul de tirantes, con apertura hasta la rodilla que había comprado con Miguel en la boutique del centro turístico de San Luis Potosí. Después de todo, estarían en la iglesia antes de la cena en La Cantina de Miguel. Además, los dos tendrían que confesarse con el sacerdote, pensó ella, riéndose ante la idea de tener que confesar sus aventuras en el mundo de la sensualidad con Miguel.

—¿De qué te ríes? —preguntó Laura.

—De nada, tía. Nada más estaba pensando en que tengo que ir a confesión hoy en la noche, y tener que hacerlo en inglés. Quiero decir, es suficientemente horrible en español, ¿pero en inglés? Qué extraño.

—¿Sabes cómo hacerlo? Quiero decir, como en lugar de decir: sin pecado concebido al Ave María Purísima, cuando te saluda el sacerdote, aquí dices:

Bless me, Father for I have sinned, y le dices qué tanto tiempo hace desde tu última confesión.

—Ah, bueno... pues creo que puedo manejar esa parte, pero es nada más que en inglés las cosas suenan pues tan... ¡tan escandalosas! Tú me entiendes, ¿verdad?

Laura sonrió, sonrojándose, comprendiendo exactamente lo que decía.

—Creo que recuerdo... no soy TAN vieja, querida —dijo, con una mirada pícara.

Un movimiento en la puerta llamó la atención a las dos mujeres. Era Mickey, viéndose radiante en un sedoso vestido de tirantes, con una apertura lateral hasta arriba de la rodilla.

—¡Ya basta! —dijo Gina—. ¡Me voy a poner el otro vestido! ¡Me siento como maestra de tercera de primaria en este vestido!

—¡Qué extraño! —dijo Mickey—. ¿Por qué será?

Quitándose el vestido rosa por encima de la cabeza, lo colocó en dirección de su madrina. Laura se encogió de hombros, comentando que cómo se sintiera mejor Gina le parecía perfecto, y luego se retiró para dejar a las dos jóvenes a solas.

—¡Ajá! ¿Así que tienes cosas escandalosas que confesar? Pero, ¡Gina! ¿Qué pasó con todas aquellas habladurías de la virginidad que despotricabas hace algunos meses? ¡Mira, mira! ¡Qué escándalo! —se burló Mickey.

—Mira... ayúdame con esto, ¿puedes? —Gina se había puesto el ceñido vestido de tirantes, y estaba meneando la espalda delante de Mickey para que le subiera la cremallera—. Y mi virginidad está perfectamente intacta, gracias madrinita, ¡como si fuera asunto de tu incumbencia!

—¿Después de casi un mes de casados? ¡Por favor! —se burló Mickey—. Y yo todavía creo firmemente en el ratoncito que se lleva los dientes y hasta en Papá Noel.

—Bueno —agregó Gina, su sonrisa de siamesa empezando a dibujársele en los labios—, virtualmente, por lo menos.

—¡Ajá! Así que, después de todo, eres buena niña guanajuatense —sonrió de oreja a oreja.

Regresando al tocador, Gina se sentó, mirando su imagen en el espejo. Todavía se sentía como una maestra de tercer año de primaria, o por lo menos una parte de ella se sentía así. Más bien como una maestra de tercer año de primaria desplazada, sin alumnos.

A pesar de la constante actividad para planear la boda, Gina había extrañado a sus alumnos y su vida de maestra. Normalmente, habría pasado el verano buscando en el internet descripciones de libros de texto para usar en su clase, y en preparar lecciones interesantes para sus nuevos alumnos que llegarían en septiembre.

Ahora se acercaba el mes de julio, y la parte de ella que correspondía a la maestra se encontraba hueca con el gran vacío que se llenaba sólo en parte con la felicidad y amor que había encontrado ahora en su vida. Pero Miguel tenía su trabajo, y ella había tomado una decisión a principios de la semana. Una vez de regreso de su luna de miel en París, definitivamente vería la manera de certificarse en el estado de Carolina del Norte como maestra, para volver a trabajar, aunque fuera de medio tiempo o como maestra sustituta.

Miguel era maravilloso, generoso y espléndido. Pero ella sabía que muchas veces pasaba tiempo con ella en lugar de administrar sus asuntos de negocio o de hacer cualquiera de las cosas que había hecho antes de que ella hubiera entrado a su vida, nada más porque ella no tenía una vida propia. Ella lo consideraba poco saludable para su relación, porque no quería que él la viera como una carga... ¡eso nunca!

El único aspecto de su vida que no había podido remediar era con su familia en Guanajuato. Había logrado hablar con su madre una vez, pero ella había parecido distraída y se notaba que estaba lastimada por la manera en que Gina había huido de la casa. Su padre se había negado a aceptar ninguna llamada suya, en la casa, o en la librería. Su hermano había explicado que aunque su padre supiera que ella ya estaba casada, no podía aceptar su matrimonio, porque Miguel no había pedido su mano de la manera correcta.

Por supuesto que no le importaba que Miguel hubiera intentado una y otra vez hablar con él antes de ir a Guanajuato. Su padre tenía su propia forma intransigente de ver las cosas, y jamás cambiaría. Ella había apartado de sus pensamientos la situación entera, resuelta a disfrutar su felicidad sin las sombras de la tristeza que parecían provocarle los recuerdos de su casa. Le daba tristeza que su padre se negara a asistir a su boda para entregarla, pero estaba muy agradecida al marido de Mickey, Mauricio, por aceptar el honor.

Miguel había insistido, una y otra vez, en que para diciembre cuando pensaban regresar para pasar las fiestas navideñas, sus padres estarían tan felices de verla que se olvidarían de sus anteriores resentimientos. Para entonces, siempre agregaba él, ella ya estaría esperando al primer nieto, y eso suavizaría al más duro de los corazones.

Mirando más allá de su reflejo en el espejo, observó cómo su mejor amiga, Mickey, ponía el cuarto en orden, colgando el vestido rosa tan aseñorado. Se sentía tan afortunada. Estaba agradecida por tener una amiga como Mickey, quien después de mañana, sería su prima. También había encontrado a una nueva familia en esta casa en donde había estado viviendo desde el día en que ella y Miguel habían llegado, después de su largo viaje de Guanajuato.

Laura Campos la había recibido con el cariño y ternura que sólo dan las madres, ahuyentando sus temores y asegurándole una y otra vez que el vestido de novia estaba perfecto, que la fiesta de bodas en el club campestre saldría perfecta, y que Miguel la amaba... aun cuando estuviera tan llena de ronchas, provocadas por una reacción alérgica a un jamón virginiano que Mickey y Mauricio habían traído el fin de semana en que habían llegado a ayudar con los preparativos para la boda.

Apenas la noche anterior, cuando Miguel había llegado a tomar chocolate con pan dulce que María había preparado, Laura había bajado a verlos y, colocado una caja antigua sobre la mesa, diciendo, simplemente, que en nombre de su hermana, adentro había algo que Gina debería tener.

Una vez abierta la caja, Laura sacó un exquisito collar antiguo de perlas, y explicó que había pertenecido a la madre de Miguel. Lo había guardado justo para este momento. Estaba segura, expresó dulcemente, que a la madre de Miguel le habría complacido mucho saber que Gina lo usariá en su boda. A Gina le había conmovido profundamente la atención, tanto como a Miguel.

—¿Mickey?

Mickey volteó, cerrando la puerta del guardarropa tras ella.

—¿Sí? ¿Ya te entraron los nervios?

—No... sí... ¡no sé! —se puso de pie, tratando de encontrar las palabras para decir a su amiga cuanto significaba su amistad.

Mickey sonrió, y atravesó el cuarto hacia ella, y luego la abrazó ligeramente.

—Está bien, ni te pongas toda cursi, o se te correrá el rímel —dijo, dándole palmaditas a Gina en la espalda—. Y ahora, amiga, es hora de irnos. Tu marido nos está esperando, y tengo entendido que te tiene una sorpresa.

—¿Una sorpresa? ¿Qué tipo de sorpresa?

—Si te dijera, ya no sería sorpresa. ¡Vamos!

El ensayo de la boda fue sencillo, y rápido. Miguel y Gina se confesaron con el sacerdote, y la familia se adelantó al restaurante; en preparación de la llegada de la pareja a la cena a ser celebrada después del ensayo.

En lugar ir directamente al restaurante como Gina habría esperado, Miguel manejó en dirección contraria, dando la vuelta sobre el Camino del Río. Unas cuantas cuadras antes de la vuelta para la casa de su tía, se metió en un pequeño estacionamiento con vista al río.

Acercándose hacia su lado del coche, abrió la portezuela y luego la sacó en brazos.

Riéndose, ella rodeó el cuello de Miguel con los brazos, besándolo en el cuello, y luego se apartó.

—No. No puedo hacer eso hasta después de la boda. Ya estamos confesados y absueltos, ¡y tenemos que permanecer así hasta mañana.

Colocándola sobre el pavimento, la tomó de la mano, haciéndola seguirlo por el muelle público de pesca. Ella lo siguió, a pesar de estar preocupada por llegar tarde al restaurante.

—¡Vamos a llegar tarde! —dijo.

—¡No es como si pudieran empezar sin nosotros! —respondió él, sentándose sobre un banco al final del muelle. El sol se ponía en la distancia, río arriba, los tonos de color rosa hacían que Gina se viese aún más bella que nunca.

Sonriéndole, él dio una palmadita sobre su regazo, y la jaló hacia él. Ella se sentó en su regazo, rodeando su cuello con un brazo, y lo miró con curiosidad, silenciosamente esperando que le dijera qué era lo que lo había inspirado a traerla a este lugar tan bello.

—Gina, ¿tienes alguna idea de lo feliz que me has hecho?

—Si sólo es la mitad de lo feliz que me has hecho a mí, ¡entonces soy mejor mujer de lo que me había imaginado!

—¿Alguna vez piensas en los otros que fueron capturados y deportados contigo?

—Constantemente. Fue tan denigrante, Miguel. Nos trataron a todos como si fuéramos criminales, y tres de los seis estábamos en el país legalmente —su cuerpo se sacudió involuntariamente—. Ni siquiera soporto el recuerdo de como nos encadenaron el uno al otro para hacernos marchar al avión —meneando la cabeza, volvió a sonreír—. Pero no quiero pensar en esas cosas esta noche —pensó momentáneamente en tratar el asunto de su regreso al trabajo después de su luna de miel, pero cambió de opinión. No quería que nada echara a perder esta noche.

—Bueno, pues mantén la mente abierta, porque tengo algo que enseñarte —dijo Miguel, levantándola de su regazo y poniéndose de pie.

Al manejar en dirección al restaurante, Miguel repentinamente giró hacia la izquierda sobre la calle anterior a La Cantina de Miguel.

—¿A dónde vas? —preguntó Gina—. ¡Vamos a llegar tarde a la cena!

Continuando en silencio, Miguel estacionó frente a un viejo almacén usado como bodega para La Cantina de Miguel. Gina sacudió la cabeza, pensando que tenía que estar alucinando.

El edificio había sido transformado y ahora tenía una nueva fachada. Al principio, como el diseño era tan parecido a la Cantina de Miguel, Gina pensó que Miguel estaba agrandando el negocio.

Pero luego miró de nuevo, poniendo atención en un letrero sobre la puerta principal, en el arco y sobre la marquesina abajo del tejado, que decía: *Centro de Asistencia Social.*

—¿Qué demon... ? —se deslizó del asiento de la camioneta al suelo, y atravesó hacia la reja de fierro forjado, abriéndola lentamente. Todavía mirando al edificio, vio una placa pequeña a un lado de la puerta principal. Subiendo lentamente las escaleras, se quedó pasmada. La placa decía: *Profra. Georgina Ramón de López Garza - Directora.*

Mirando hacia Miguel, dió vuelta las palmas de las manos hacia arriba y abrió la boca para hablar. No le salián las palabras. Giró de nuevo hacia el edificio, y Miguel la alcanzó, tomándola por el brazo.

Abrió la puerta principal. Toda la familia estaba esperándolos, reunidos alrededor del escritorio de la recepcionista, donde estaba sentada Margarita.

Margarita se levantó y acercó para darle la bienvenida a Gina.

—¡Señora Directora! —la saludó—. ¿Puedo acompañarla a conocer el Centro?

Asintiendo con la cabeza, Gina tomó la mano extendida de Margarita. Caminaron hacia el ala izquierda del edificio, entrando a un gran salón de descanso, con sofás acojinados de piel, escritorios con teléfono y computadora, y un televisor de pantalla grande en un rincón con una video grabadora abajo, sobre una repisa. Al lado de la videocassettera había una serie de videos, incluyendo la colección completa de *Inglés Sin Barreras,* uno de los mejores cursos de inglés.

Al otro extremo del cuarto, Margarita la llevó por otro pasillo, donde había tres salones de clase, todos equipados con computadoras y televisores, los segundos conectados a un sistema de circuito cerrado.

—Los salones están arreglados según la edad y requerimientos de aprendizaje de los grupos. Éste —dijo, señalando hacia el último salón—, está preparado para niños chiquitos, como notarás por el tamaño de los escritorios. Los otros dos son para adolescentes o adultos. Puedes programar clases como creas conveniente. Tenemos dos maestros bilingües contratados, y una trabajadora social, esperando tus órdenes.

Gina se quedó sin habla, y siguió a Margarita en silencio.

Atravesando por el salón de descanso, Margarita la guió de nuevo por el recibidor. Todo el mundo seguía en silencio cuando pasaron. Miguel estaba sentado en la orilla del escritorio, frotándose el mentón con una sonrisa divertida.

—Y por aquí —continuó Margarita con el recorrido—, tenemos el departamento legal. La directora, mi madre, trabajará con tres abogados especialistas en inmigración que se han ofrecido a aportar unas cuantas horas cada semana. Ellos le informarán a mamá todo lo que sucede, y ella supervisará desde Washington —girando hacia el otro lado del ala, la jovencita abrió la última puerta—. Y por último, pero no menos importante, tenemos nuestra clínica con servicios gratuitos. Mi papá supervisará desde Johns Hopkins, y pasará tanto tiempo aquí como pueda, probablemente cada vez que mi madre venga para los asuntos de la clínica legal. Pero mientras tanto, tenemos dos médicos, uno de los cuales es bilingüe, y el otro está estudiando el español; ellos proporcionarán atención médica, medicamentos y vacunas para todos los inmigrantes que no tienen seguro médico.

Regresando a la recepción, señaló hacia la pequeña placa sobre el escritorio. Decía: *Margarita Vasco Campos*—. Y, por supuesto, aquí tienes mi escritorio, tía. Y por aquí atrás —dijo, abriendo una puerta doble—, se encuentra tu dominio.

Dentro de aquellas puertas había un elegante salón de conferencia con una hermosa mesa de caoba y sillas de piel, y atrás, estaba la oficina de

Gina. Elegante y amueblada con un gusto impecable, ella no pudo imaginarse ni un sólo artículo que su nueva familia hubiera olvidado.

Dando la vuelta al escritorio, recorrió su mano sobre el acabado pulido. Al abrir el cajón central, encontró en su interior una hoja de papel de cuaderno. En letras grandes y negras simplemente decía: *¡Te amo, maestra!*

Sin poder contener más sus emociones, dejó correr las lágrimas por sus mejillas. Lo único que había llegado a pensar que faltaba en su vida era su carrera de maestra, y Miguel había encontrado la manera de hacerlo realidad más allá de lo que ella jamás se hubiera atrevido a soñar.

—Quizás de haber existido un lugar como éste, lo que les sucedió a ti y a Ricardo jamás hubiera acaecido —dijo tristemente su sobrina—. Pero quizás podamos ayudar a suficiente gente como para que no le vuelva a pasar a nadie más, tía Gina.

Limpiándose los ojos, Gina asintió con la cabeza.

—Podemos tratar, Margarita. Por lo menos podemos tratar.

Miguel se asomó al cuarto, sonriendo. —¿Alguien tiene hambre aparte de mí? Todos los demás se fueron a esa vieja cantina aquí al lado para comer algo. ¿Puedo invitarlas a ustedes dos a comer algo ahí conmigo?

Gina corrió por el cuarto, a los brazos de Miguel.

—¿Qué puedo decir? —preguntó ella.

—Podrías decir: *Sí Miguel. También tengo hambre. ¡Vamos a comer!* —respondió él, rodeando su hombro con un brazo. Al acercarse su sobrina, la abrazó con el otro brazo.

—¡Tenemos que ir a la fiesta! —exclamó Miguel, abrazando a las dos—. Y luego, ¡hay una boda mañana!

—¡Y luego ustedes dos tienen una luna de miel en París! —suspiró Margarita.

Gina sonrió a la chica, viéndose a sí misma trece años antes.

—Llegará tu momento, mi vida —dijo en voz baja a la chiquilla, mirando amorosamente en dirección a su marido—. Te lo prometo. Jamás es demasiado tarde.

Lynda Sandoval
Miradas de amor

Esme, profesora de Ingeniería Genética, descubrió hace tiempo que la inteligencia es mucho más importante que la belleza. Su duro trabajo en el campo de la clonación se ve recompensado cuando la invitan a participar en uno de los programas de mayor audiencia de la televisión. Lo que en principio parecía ser un éxito más en su carrera pronto acaba convirtiéndose en una terrible humillación. Y lo que aún es peor, el guapísimo maquillador del programa, Gavino Méndez, que se deshace en halagos hacia Esme, ha sido partícipe del engaño. Arrepentido, Gavino la busca sin cesar, convencido de que detrás de esas enormes gafas tras las que se oculta Esme se esconde una hermosa mujer.

Elaine Alberro
Sólo tuya

Obligados a separarse cuando eran apenas unos adolescentes, Elena y Antonio se reencuentran ocho años después. Sin embargo, las cosas no han cambiado demasiado, pues Elena sigue atrapada en las férreas imposiciones de su familia y en los caprichos de su madre demasiado posesiva. Antonio, que ha sido incapaz de olvidar, luchará con todas sus fuerzas para recuperarla. Una romántica historia en la que el amor sincero se une a una ardiente pasión que resucitará los sentimientos más ocultos del alma.

Diana García
Lecciones amorosas

Susana es una mujer solitaria. Hace ya mucho tiempo que el amor pasó por su puerta y ya no espera ni desea recuperarlo. Sin embargo, un día aparece Daniel en su vida, un viudo sumamente atractivo que despierta en ella el deseo dormido durante tantos años. Una serie de encuentros casuales empiezan a entrecruzar sus vidas y a tejer entre ellos una intensa pasión que no tendrá límites, en la que florecerá una segunda oportunidad para el amor.